iStyle 018

地獄門高中

陌途──著

高寶書版集團

Contents

第一章　郁凌高中

市立郁凌高級中學。

身著白色制服、深藍夏裝的高中生們魚貫穿過校門，時不時有幾聲「教官早」鑽出早晨濃厚且昏昏欲睡的氣息，傳到守在校門邊的教官耳中，教官一一對每個打招呼的學生點頭說早，目光掃視踏入校門內的學生，但從幾名服裝不合規定的學生輕鬆闖關可以看出他的心不在焉。

羅久逢已經在校門對面的公車站牌後站了半個小時，這所高中乍看之下和他見過的所有高中——包含他自己念書的高中一樣，散發著青春年少聚集產生的陽氣，但仔細感應之後，羅久逢察覺到正常高中沒有的氣息：若有似無的腐敗氣味、時不時凝聚出實體碰觸學生又消散的黑影，這所高中似乎在訴說無人傾聽的絕望。

「地獄門。」他輕聲呢喃。

「我要你去郁凌高中一個星期。」

他從祖母鍾玉茗那裡接到任務的那天，還沒放下書包就被叫進鍾玉茗的辦公室，他的祖母在守門人協會擔任亞洲分會理事長，和其他五名理事長一起監控已知的地獄門和尋找可能新產生的地獄門。

地獄門，簡單來說就是連接人間和地獄的通道；若沒有加以封印，地獄內的鬼怪就會透過這個通道來人間作亂。地獄門的產生方式有很多種：重大災難的死傷、難以瞑目的死亡和怨氣、人為操控等。即使地獄門被封上，地獄的氣息還是會透過縫隙流洩出來，影響附近的人和生物，所以每一扇封印的地獄門還是會派駐一名看門人，直到那扇地獄門隨著時間過去而逐漸消失。

羅久逢接過秘書遞給他的全新制服和書包，等待面色緊繃的鍾玉茗給予更多指令。

「那裡有一扇五十年的地獄門，理論上對人沒有太大影響了，那裡的看門人每三年回報一次狀況，一直以來都沒有什麼問題，但她已經兩次沒有回報，兩次我都派人去郁凌高中看過，沒有察覺異狀，所以理事長們決定先處理其他問題更大的地獄門。」說到最後一句，鍾玉茗抿住雙唇。

「您希望我實際去看看白天校園內有沒有異狀，並嘗試聯絡上看門人嗎？」羅久逢問。

「對，有任何異狀或是找到看門人，馬上向分會回報，我們再視情況討論那扇地獄門的處理方式。」

於是到了星期一，他換上郁凌高中的制服，將法器和符紙放進書包，提早出現在這所高中外面。這次任務不難：查看地獄門狀況，找找可能已經跑掉的看門人，最後向分會報告就能結束。他大概星期三或星期四就能回學校上課。

然而事實證明只要牽扯到地獄門，所謂的「簡單任務」根本不存在。

羅久逢在第一堂課鐘響後才動身走向教官，他看到不熟悉的臉龐立刻警戒起來。「你是哪個班的？學號姓名報上來。」

羅久逢從口袋拿出守門人協會三級證件，他去年以分會最年輕之姿取得第三級證照，獲得單獨出任務的資格。不過這位教官不明白協會內級數的差別，面露狐疑打量他年輕過頭的臉龐和身上的制服。

羅久逢扯了扯衣服下襬。「制服是方便我在學校裡走動。」

教官聞言臉色鬆了一些。「所以你不是高中生了吧？我相信協會派的都是有經驗的探員……」

「喔，我今年十六歲，資歷方面您可以放心，這不是我第一次出任務。」

他其實不必自報年齡，但他想看教官臉垮下來的模樣。果不其然，教官的臉色又僵硬起來，嘴唇抖了許久才擠出下一句話：「給我把襯衫紮進褲子裡，別以為你不是校內生就可以不遵守服儀規定，你這副剛睡醒的邋遢模樣別想直接進學校。」

每天早晨五點半起床的羅久逢一臉莫名地在教官口水的洗禮下將襯衫紮好，有種搬石頭砸自己腳的感覺。他瞇起眼看著黑影緩慢成形，試圖貼到教官身上，把右手藏到背後，正要掐一個法訣驅走黑影，教官身上卻出現金色光芒，燒掉一半的黑影，黑影發出高頻的尖嚎，消散在空氣之中。

看來這個教官平時就是個正氣凜然的人，從地獄門的縫隙洩出的黑影俗稱「魔氣」，會讓人陷入負面情緒，影響程度因人而異，不過像教官這樣耿直到能燒掉魔氣的人真的不多。

羅久逢眨了眨眼，跟在教官後面走進郁凌高中，看著沿路的魔氣被無自覺的教官燒得一乾二淨，完全是行走的空氣清淨器，只要這名教官一直在校內來回走動，魔氣對這裡的學生影響不會太大。

「教官，可以請問您在郁凌高中多久了嗎？」羅久逢問。

「四年半快五年了，我沒有其他教官資深，但我對這所學校的了解不比他們少。」教官邊說邊挺直胸膛，順帶向他解釋校方並不是隨便派一個年輕教官應付協會。

羅久逢在想校方派這名教官接待協會的人是不是巧合。四年半快五年的時間，代表這裡的看門人第一次沒有回報的時候，協會就動用關係將這名教官調到郁凌高中保護這裡的學生。

教官領他穿過走廊，不少學生好奇地偷覷是哪一個倒楣鬼被教官抓去訓話，發現不是自己認識的人以後就興致缺缺地繼續上課。羅久逢快速查看每間教室內的狀況，高中生的陽氣重，比較不容易受魔氣影響，反而是幾位長年教書的老師需要注意，他們身上都微微散發灰色霧氣，和在台下打著瞌睡卻散發溫暖黃光的學生形成強烈對比。

走過幾間教室後，羅久逢皺起眉，眼睛加速來回掃視經過的教室，他的雙眼天生能看到許多東西，在他考第三級證照的考場中幫上不少忙，許多探員要配合法術或器具才能看到的東西，他不需要任何外物幫助就能輕易看到，例如鬼魂。

他所就讀、僅有十多年歷史的高中都有在校內死去的學長姊鬼魂在飄動，郁凌高中已經有五十年的歷史，不可能一個鬼魂都沒有，但一路走來，整條走廊乾乾淨淨，沒有鬼魂的蹤跡。

最糟的情況是鬼魂已全被地獄門的魔氣同化，化成夜晚才會出沒的惡鬼。

「我們來這邊談。」教官打開教官室裡的談話間，看起來是和問題學生的家長會談時使用，有一套沙發和幾張木椅。羅久逢走進談話間前瞄了其他幾位在教官室內的教官，他們只有兩種表情：一種是不屑，將守門人協會視為怪力亂神；另一種是竭力隱藏的恐懼，這些人已經感受到校園內出現超出常人能力所及的危險。

羅久逢和教官各自拉了一張木椅面對面坐下，羅久逢從書包掏出筆記本，邊複習協會先查好的資料邊問：「教官，請問您貴姓？」

「我姓黃，黃守鷹。」

「好的，黃教官，接下來的問題您據實以告就好，不必介意我或協會的觀感。」羅久逢的氣勢和態度在坐下後陡變，反倒讓黃守鷹變得有些拘謹，方才乖乖任他訓斥的青少年，轉眼間成為能獨自擊退惡鬼且歷經危難的守門人協會探員，雙眼彷彿看盡地獄百態，人間凡物不再動搖他的心智。

羅久逢的態度讓黃守鷹感受到一股強烈的使命感，彷若這間學校的安危全仰賴他的回答，他不自覺地深吸一口氣，鄭重點了個頭。

「協會給我的資料中提到是郁凌高中校方主動聯繫協會，聯絡人說校園內發生了一些奇怪的事，導致現在警衛們都很抗拒夜間巡邏。麻煩您具體說明校內發生了什麼事。」

黃守鷹食指交叉，眉頭微微蹙起：「第一起事件發生在二月十七日晚上，開學的前幾天，夜班的蔡姓警衛在七點十九分通報校內有可疑人物遊蕩，輪值教官趕過去時只看到蔡警衛倒在中庭花圃，後腦勺撞到磚頭角出血昏迷。他們將警衛送醫並再次搜索學校，並沒有找到警衛口中的可疑人物，調閱校園內監視器後，發現警衛在花園旁和空氣扭打，最後自己絆倒跌到花圃裡；另外又在警衛室找到喝完的酒瓶，加上那不是該名警衛第一次在工作時間喝酒，校方為了學生安全辭退了蔡警衛。」

利用一個人過去的錯誤毀滅那個人的生活，這已經超出魔氣影響的範圍，羅久逢馬上想到一種可能的妖物。但如果現在學校內有一隻食懼妖，他不用踏進校門口就能看到這種妖物殘留的氣息，又或許魔氣讓警衛產生幻覺？羅久逢寫下自己的推測，思索片刻才發問：「那名蔡姓警衛有否認喝酒嗎？」

黃守鷹苦惱道：「問題就在於他承認那天因為天氣冷多喝了幾杯，但他堅持有看到一名男子翻牆進入校園，甚至描述了他的衣服，那個人戴了頂鴨舌帽，穿著黑色風衣和牛仔褲，一看到手電筒的燈光拔腿就跑。因為蔡警衛承認喝酒，所以我們一直不能確定他到底是喝醉或是……」黃守鷹沒有把話說完。

「第二起事件呢？」羅久逢輕巧帶過話題，黃守鷹在這裡苦惱一輩子也不會知道那名警衛究竟出了什麼事，而羅久逢還有很多問題要問。

「第二起事件發生在開學後不久。吳姓警衛在大約晚上十點要去檢查恆學樓的燈和窗戶有沒有關好，所有高三學生都在恆學樓上課，恆學樓也開放給高三生晚自習到九點半。小吳說他正要去樓梯間的時候，一抬頭就看到一名學生坐在四樓窗台準備往下跳，他當下快嚇傻了，一邊打給輪值教官一邊對那個學生大喊不要衝動，但那個學生一直都沒有反應。小吳本來想等到教官到場後再由一名大人上樓勸阻那名學生，但當天輪值教官到達恆學樓後，小吳表示他只是轉頭要指那名學生給教官看，短短幾秒的時間，那名學生已經失去蹤影，後來他們倆找遍恆學樓，沒有找到任何學生。」

羅久逢在筆記本寫下「吳」、「恆學樓」，等待黃守鷹說下去。

「因為高三生壓力比較大，二三月的時候難免會有學生為了考試成績心情低落。由於當晚沒有找到學生，第二天我們請高三班導師加強宣導，請學生們有任何困難都可以找導師或是教官談談，那兩天陸續有幾名學生去找各自的導師，但導師們反應他們都沒有情緒低落到有自殺傾向。到了第三天晚上，又是小吳值班，他再次看到一名學生坐在相同位置，這一次他通知教官以後，那名學生就從四樓跳下來。」

「這名警衛曾經目睹其他人跳樓嗎？」

黃守鷹驚訝地瞪大眼：「他的太太兩年前因為久病加上沉重的醫療費，在醫院跳樓輕生，那時鬧出很大的新聞。因此他看到學生坐在窗台時，曾跟我們說簡直就像噩夢重現，我們也相信他不會拿這種事情開玩笑。」

羅久逢寫下「食懼妖」，猶豫片刻在旁邊打了個問號。

「輪值教官到恆學樓後看到小吳對著空無一物的地板又哭又喊，他花了很長一段時間才說服小吳地上沒有人。但小吳發誓他真的看到一名女學生從四樓跳下來，軀體墜落在他面前，血漿濺了滿地，那名學生落地後沒有立刻死亡，癱在地面抽搐很久。可是教官告知他真相後，他面前的屍體和鮮血突然消失不見，小吳才意識到他可能撞見不乾淨的東西。那天以後，夜班的警衛就經常遇到奇怪的事情，沒有像小吳的那麼極端，但還是造成警衛們的不安，像是在空教室聽到說話聲、廁所裡有黑影從眼角閃過、走廊和樓梯間傳來哭泣聲，不過我幾次和警衛一起巡邏沒有親眼看到什麼異象。」

你一個行走的魔氣清淨器不嚇跑鬼怪才奇怪吧。羅久逢在內心吐槽，隨即正色道：「那其他教官呢？」

「有幾位教官說他們也遇到類似的狀況，不過到三月中以後，警衛們就沒有再反應遇到先前我說的那些情況了，但他們依然認為學校裡面有……某種東西。」

羅久逢畫了一條簡易時間軸，標上二月十七日和二月底，在二月底的標示旁畫上向後延伸的箭頭，以示事件持續發生。「事情集中發生在二月，但現在已經四月初了，校方為什麼隔了這麼久才來尋求協會幫助？」

黃守鷹眼裡閃過一絲不滿，這個問題顯然也困擾他已久。對於一個不受魔氣影響、這輩子可能沒看過任何靈異現象的人來說，為了校方遲遲不處理校園內發生的靈異事件而感到不悅很少見，通常會持相反意見，剛剛教官室裡大概有一半的教官屬於此類。「因為在三月初，那些奇異現象突然都沒再出現了，沒有發生任何怪事，警衛們只是在某天突然意識到他們那陣子巡邏都沒有遇到髒東西，這件事就這樣落幕了。只有一個信仰比較虔誠的警衛——就是前面說的小吳，不斷向學校建議辦個驅邪庇祐的小法會，起碼為校內學生保個平安，校方為了安撫依然不太願意輪夜班的警衛，在三月十二日請人辦了一場小法會。我們都以為事情到這邊就告一段落。」黃守鷹說到最後苦笑一聲。

食懼妖通常不會輕易離開狩獵場所，而且聽黃守鷹描述，它已經吞食夠多恐懼，足以編織更強大的幻象，警衛們理論上只會看到愈來愈恐怖的東西。它會突然消失只有一個原因：這間學校的看門人殺死了它。

羅久逢精神一振，他和祖母的猜測本來是看門人死了或者跑了，但現在看來看門人不但活著，而且還在執行自己的任務。

但可以消滅鬼怪，為什麼不回報協會？

「四月六日恆學樓的晚自習，有兩個女學生起爭執，在教室大打出手，我趕到三年五班的教室時，其中一名學生把另一名學生壓在地上，拿著筆想戳穿地上同學的眼球。」回憶起那個場景讓黃守鷹打了個冷顫，看著十幾歲的青少女施展如此純粹的暴行，兩人的雙眸都透出置對方於死地的企圖。當他和另一名女教官拉開兩人，她們還企圖用牙齒撕咬對方的臉，彷彿失去理智的野獸，兩個學生被拉開一段距離後仍不斷向對方叫罵，惡毒的語句代替她們被束縛的雙手刺穿對方柔弱的身軀。

「校方不認為這只是學生間失控的打架？」羅久逢看過自己學校的學姊打架，氣勢和狠戾程度都不輸給男生。

「我教過那個班級的軍訓課，那名拿筆攻擊同學的女生平時是個安靜內向的學生，在班上幾個比較好的女生朋友都說她那段時間沒什麼異狀，四月六日晚自習的時候突然對經過她桌子旁的同學發脾氣，然後兩個人就打起來了。等兩個學生被分開之後，圍觀的學生們說……她們看到有東西從兩個打架的女生身上飄出來。如果只有一個學生這樣說，或許可以說是燈光角度的緣故，但在場七個學生全都這麼說……校方不得不承認這已經超出學校能夠自行處理的範圍，所以正式向協會請求協助。」

那名學生聽起來是被魔氣影響，不論她身上聚集多少魔氣，應該都在黃守鷹拉開她的時候被燒得差不多了，兩名學生本身不需要太擔心，羅久逢比較擔憂的是恆學樓的魔氣到底多濃厚，才會連黃守鷹的存在都無法抑制它們影響人心。

「我想先去恆學樓看看。」

黃守鷹理解地點點頭，起身領他走出談話間，羅久逢沒有理會其他竊竊私語的教官們，微微縮起肩膀再次成為被教官帶走訓話的違規學生，緊跟在黃守鷹後方小聲道：「黃教官，您本人沒有親眼目睹校內發生的任何靈異現象，對吧？」

黃守鷹輕點一下頭，和路過的老師打招呼，並刻意忽略老師意有所指的好奇目光繼續向前，免得那名老師真的開口問他為什麼要帶一個高二生往恆學樓的方向走。

「但您就算沒有親眼見證，似乎也相信近期校內發生的怪事和鬼怪有關。」多數像黃守鷹這樣的人都是堅定的無神論者，畢竟他們身邊通常不會發生科學無法解釋的現象。

黃守鷹整理一下思緒，謹慎地說：「我相信沒有人能夠看到世界完整真實的面貌，人們只能看到自己心靈能夠承受的範圍，我沒看到的東西不代表不存在，所以我尊重每個人說出自己看到的事實。」

羅久逢有點意外地挑眉，黃守鷹說的話很像協會內的長者告誡晚輩不要過度依賴陰陽眼時所用的字句，黃守鷹的家族大概和協會有什麼淵源。

「好了，前面就是恆學樓，上課時間不要大聲喧鬧，有什麼問題小聲問我，不要打擾學長姊上課。」黃守鷹一靠近恆學樓又轉換回教官模式，邊低聲囑咐羅久逢降低音量邊掃視一樓的高三班級，確認教室內沒有學生缺席。

羅久逢仰視整棟恆學樓，這是一棟老式的五樓建築，若沒有濃厚的魔氣均勻散佈在整棟建築各處，這確實是間普通的教學大樓。

有聲音低低啜泣，用哀戚的語調喃喃說著無人聽懂的語言，因為音量過小混雜在校園內枝枒擺動的樹葉聲中。強烈的壓迫感襲向羅久逢，意圖使他放棄靠近這棟建築。地獄門就在恆學樓某處，等待被足夠的恐懼和絕望解放。

「高三生一直都在恆學樓上課？」羅久逢深吸幾口氣逼自己習慣愈發濃厚的腐爛氣息，請黃守鷹帶他到恆學樓頂樓，各樓層的樓梯間味道聞起來都差不多，羅久逢無法靠氣味猜測地獄門的位置。

「恆學樓是郁凌高中第一棟教學樓，剛開始學生還沒有很多的時候，高一到高三的學生都在這裡上課。後來學生人數增加，加蓋了新的教學樓，才慢慢發展成現在一個年級一棟樓。恆學樓因為歷史悠久，大家相信學長姊的考試運和書香氣息能夠保佑學弟妹，所以高三生回到恆學樓上課一直都是郁凌高中的傳統。」

羅久逢在心中暗自咒罵做這個決定的校方人士，讓心情最不穩定的高三生在地獄門的上方上課，他都不知道該說做決定的人迷信還是不迷信。

羅久逢跟在黃守鷹後方踏上恆學樓頂樓，請他留在門口後自行走到頂樓中央。頂樓因為平時上鎖，沒有人會打掃，平台的不平整處因為積雨長出苔蘚。羅久逢拿出羅盤算好方位，在除穢陣法的五個點放上小碟，拿出葫蘆倒入協會祝禱人員加持過的清水，接著站在陣法中央取了五張符紙，咬破食指畫上各個點位所需的陣法符，輕吹一口氣讓它們飛到各自的小碟上方，符紙碰到水後燃燒起來，灰燼落入碟中，和清水相擁。

陣法成形那一刻，羅久逢能感覺到地獄門帶來的壓迫感降低不少，原本濃重的魔氣也變得稀薄。除穢陣能夠淨化陣法內各種妖魔留下的氣息，一般用在收拾完鬼怪後清理它們殘餘的有害氣息，但恆學樓的魔氣太重，羅久逢必須先暫時抑制地獄門洩出的魔氣，免得在他找到地獄門之前，魔氣已經再次影響教學樓內的學生。

他轉過身，看到黃守鷹目瞪口呆盯著地上的小碟和燃燒到盡頭的符紙。他注意到羅久逢的視線後結結巴巴地問：「這樣就可以了嗎？學校的事解決了？」

「這只是暫時的解決法，四月六號的事情還是有可能再發生。要從根本解決，我還需要再調查一些事情。」羅久逢提起四月六日讓黃守鷹眼中流露出明顯的焦灼，他補充道：「如果您擔心的話，建議您多來恆學樓巡邏，對學生們有很大的幫助。」

他越過教官回到樓梯間，在黃守鷹還在思考他的話所蘊含的意義時問：「您知道哪裡可以找到歷年教職員檔案嗎？」

第二章　她與鬼魂們

黃守鷹帶羅久逢到人事室以後就匆匆回去恆學樓，顯然打算認真實踐羅久逢的建議。人事主任早就收到通知，沒有多說什麼就交給他一個檔案夾，並指了一台電腦要他隨意使用。羅久逢翻到七年前到四年前之間退休的老師名單，扣掉七位男性教師後剩下五位女老師，他從電腦調出五位老師的檔案細看，馬上排除其中四位老師，她們都是創校二三十年後才調到郁凌高中，不會是長期守著地獄門的看門人。

羅久逢細看最後一位退休老師的檔案。林寶儀，現在七十三歲，是郁凌高中第一批招聘的老師，當時她才剛從師大畢業，教師生涯全部奉獻給郁凌高中，在年資滿了退休後，郁凌高中仍然特別聘請她回來繼續教高三生英文，直到七年前她動了白內障手術，才終於放下手中的課本好好享受退休生活。

羅久逢走出人事室，按照檔案的聯絡電話撥通號碼，出乎他意料的，電話是林寶儀本人接起，她的聲音柔和穩定，不過開口就是一連串拒絕：「我不需要貸款、不幫忙做市調、沒有網購不用解除分期付款，感謝你的來電，祝福你找到更好的工作。」

「林老師，不好意思等一下。」羅久逢本來不想打斷老人家說話，但林寶儀聽起來有掛電話的趨勢，他連忙開口打岔：「我從郁凌高中打電話過來，最近學校內發生了一些事，所以想請教您一些問題。」

「喔是學校啊？不好意思讓你見笑了，最近廣告電話實在太多了，所以我看到陌生號碼都以為是廣告。」林寶儀輕輕呵笑幾聲。「你說學校怎麼了嗎？我一個老人家能幫上什麼忙？」

羅久逢心一沉，林寶儀明顯是個身體心智都還很硬朗的老人家，不存在忘記自己是看門人的可能，而聽她方才的疑問，她的疑惑也不像裝出來的。不過他還是抱了一絲希望問道：「校園內發生了一些靈異事件，所以校方請了守門人協會來調查。」

林寶儀深吸一口氣：「我沒聽過這個協會。」羅久逢失望垂眸，打算快速道謝掛上電話前，林寶儀又再次出聲：「但如果是靈異事件，我或許能提供一些資訊。」

林寶儀最後的語氣充斥著擔憂和不確定，羅久逢立刻向她保證：「老師，您別擔心，不論您告訴我什麼，我用到這些資訊時，會告訴校方我是透過自己的協會管道查出來，絕對與您無關。」

林寶儀重重吁出一口氣。「我偶爾會和一些學校老師聚餐聊天。去年五月的時候，有一對高中情侶在各自的家中留下信件，說要逃離壓迫他們的環境，到別的地方重新開始，然後兩個人就一起失蹤了，到現在還沒找到人。那對小情侶是我們學校高二的學生，學校動用很多關係才讓學校的名字不和這起逃家案連在一起。如果那兩個孩子真的逃家了，我想警方不會一點線索都沒有，但學校老師們都在傳……說那兩個孩子是在學校裡失蹤的。」

「為什麼會有這樣的傳言？」

「不知道是從誰那裡傳出來，說警衛看到監視器，那兩個孩子手牽手走向操場，後來校方銷毀那段監視器畫面，以免家長向學校討人，而校方自己根本不明白發生了什麼事。」林寶儀的語氣帶上一點祈求。「雖然這只是我胡亂聽來的傳言，但能請你調查一下嗎？」

「我會的，謝謝您提供的資訊。」雖然她不是看門人，但她提供了一條寶貴的線索，一件校方不會主動告知的靈異事件。「如果我還想知道更多相關資訊，您知道我該找哪位老師談嗎？」

「老師們在學校內什麼都不會說，但你可以去找一個叫『靈異事件探索』的學生社團，那個社團的學生專門蒐集各式各樣的靈異事件，或許社團的社員知道的比我們這些老師還要多，而且學生不需要看學校臉色，我想你能從那裡得到所有你想知道的訊息。」

羅久逢掛斷電話後在原地編輯訊息，簡單匯報目前的進度給祖母，送出簡訊後他抬頭，看到人事主任站在門口遠遠盯著他的手機，彷彿想看清羅久逢螢幕上的內容。

「得定時回報進度，畢竟我年紀小，協會不放心我。」羅久逢笑著對主任揮了揮手機，然後走回人事室內，點開各年分退休老師的檔案，每份檔案都花幾分鐘瀏覽來掩蓋自己真正的目標。他一直看到中午下課鐘聲響起，才向人事主任道謝，交還檔案夾。

主任問：「有找到你要的東西嗎？」

羅久逢聳聳肩，擺出無趣的表情：「大概找錯方向了，我先去吃個飯，謝謝主任。」

人事主任從鼻子哼了一聲，羅久逢感覺到他眼距過小的雙眼在他離開後仍透過厚厚的鏡片緊盯他的背影，所以帶著點惡趣味地回頭向主任比了個「耶」，主任本來陰冷的眼神瞬間變得驚慌，推了推眼鏡向他點頭，腳步慌亂地回到人事室。

羅久逢凝視殘留在人事室門口的魔氣，有些人不用地獄門就能自行產生魔氣，個人身上累積的邪念、欲望、惡意夠多的話，甚至可以催生出影響他人的魔氣，協會都稱這種人為「行走的小地獄」。羅久逢把人事主任列入觀察名單，等地獄門封好以後，需要追蹤這個人的情況有沒有好轉，羅久逢衷心希望他只是被地獄門影響。

他在走廊拉住一名高一生問到了社團教室的位置，靜態性社團的教室全部都在最新的教學大樓悟德樓的六樓，羅久逢沿著走廊一間一間找過去，每間教室的門板都貼了社團名稱，旁邊本來用來放課程表的透明壓克力板塞了各社團的宣傳單，以及當天社團有什麼活動或是社團課。

羅久逢在轉角最小間的教室門上找到寫了「靈異事件探索社」的紙條，用一小截透明膠帶隨意黏著，隨著風搖搖欲墜，細小的說話聲和腳步聲從門後方傳來，他敲了敲門，門因為沒有扣緊直接打開，羅久逢和裡面的學生震驚對視，接著他便明白為什麼這間學校其他地方一個鬼魂都沒有。

因為他們全都在這間教室。

「他是個道士！」其中一個鬼魂指著羅久逢書包一角露出的符紙尖聲道，接著教室內陷入混亂。幾秒後，教室內只剩下他和正要打開自己便當盒的高一社員。

女學生舉著便當盒蓋，絲毫沒有自己的姿勢有些尷尬的自覺，平靜問道：「有什麼事情嗎？」她瞄向羅久逢制服上的學號，補上一句：「學長？」

羅久逢認真打量眼前的高一生。她周身的氣場不同於一般高中生，這個年紀的學生通常都會散發一定程度的陽氣，但這名少女身上沒有一絲陽氣，但也不像被魔氣影響的大人，散發出黑色的氣息，羅久逢看著她就像失去自己的陰陽眼，看到一個什麼氣息都沒有的普通高中生。

「我叫羅久逢，不是郁凌高中的學生。」

少女挑眉。「我應該通報教官嗎？」她雖然這麼說，但還是放下便當盒蓋，拉開椅子坐下，並指了指角落的椅子。

羅久逢環視四周。這間教室內排滿書櫃，其中一面牆的書櫃放滿各種靈異相關的書籍，他看過那些書，有一半以上都是騙人的，剩下的櫃子則擺滿簡報貼成的筆記本，用年分和發生地點來分類，羅久逢注意到其中一個分類是「郁凌高中」。羅久逢坐在那張積滿灰塵的椅子上，這間教室顯然平常只剩一張椅子有人在使用，而現在那張椅子已經被占據了。

「學校委託我來調查校內最近發生的事情，因為事件和妳的社團性質很相近，所以想來請教妳一些問題，學妹。另外，我不會隨便就把鬼魂打到魂飛魄散，所以可以請妳的朋友們回來嗎？我也想問他們一些問題。」

少女噘起嘴凝視他片刻，最後低聲咕噥：「反正你真要收拾他們，我也阻止不了。」接著提高音量說：「沒事，他只是來問問題，說不定還能幫助你們，回來吧。」

剛剛散去的鬼魂接二連三穿牆而過，先小心翼翼探了半個身體進教室，確定羅久逢沒有任何動作後才進入教室，回到自己最喜歡的書櫃位置。

「他年紀好小。」「看起來和清羽差不多大而已。」「他真的能幫忙？」「說不定和學校之前請來的道士一樣是騙人的。」「但他看得見我們。」「看得見和實力是兩回事，相信我，你才死沒多久，這種人我看多了……」

羅久逢輕咳一聲，那些鬼魂瞬間噤聲，少女壓抑住嘴角的笑意，發現羅久逢在注視她以後連忙道：「我是陳清羽，目前算是靈異事件探索社的社長，也是唯一的社員，你有什麼疑問可以問問看，但我不一定知道。能先吃午餐嗎？我下午還要上課。」

羅久逢做了個「請」的手勢，然後拿出自己早上包好的飯糰，和陳清羽一起快速解決中餐。「我想先問清楚，妳的眼睛能看到多少？鬼魂確定可以，魔氣呢？妳能看清楚學校哪裡有比較多魔氣嗎？」羅久逢在她收拾便當盒的時候問。

「如果你是指學校裡一團一團像汽車廢氣的黑色霧氣，我看得到，恆學樓簡直是廢氣工廠。」陳清羽扮了個鬼臉。

擁有這樣的陰陽眼，還能平安在這間學校待上將近一年真是神奇的事。羅久逢不禁再次注視她沒有任何氣息的纖弱身軀，接著注意到這間教室內沒有任何魔氣，觸眼所及的鬼魂也完全沒有被汙染的跡象。羅久逢聽過這種體質，每一個擁有這種體質的人最後都成了頂尖的驅邪探員。

「協會居然沒發現妳這樣的人才。」羅久逢對自己喃喃道。

「什麼？」陳清羽一臉莫名地盯著他，完全沒跟上他跳躍過快的思緒。

「妳能淨化魔氣對不對，所以他們——」羅久逢環顧四周的鬼魂。「全部聚集在這裡，不然他們遲早會被外面的魔氣腐蝕成惡鬼。」協會稱呼這種人為「淨化者」，他們能將汙穢的氣息和自己產生的陽氣結合，淨化魔氣產生的功德又會成為淨化者的陽氣，讓他們能夠進行下一次淨化，他們的身體隨時都在進行淨化程序，所以就算有陰陽眼也看不到淨化者身上的氣場。

陳清羽聳肩。「你說是就是吧，專家，我也不懂我在做什麼。而且你不是來問問題嗎？重點應該是靈異事件不是我吧？」

「妳對從事和鬼魂有關的行業有興趣嗎？妳天生就適合做這一行。等我調查完妳學校的事情，要不要和我回協會一趟？那裡有很多人可以教妳如何運用妳的能力——」他話還沒講完，教室內就颳起幾道方向不一致的強風，櫃內的書本飛出砸向他的頭。

「這小子想拐走我們清羽！」「年紀輕輕就想談戀愛，小王八蛋。」「你個臭道士別想騙清羽去從事危險行業，她年紀還那麼小。」「他絕對是看上清羽的珍貴體質！」眾鬼魂憤慨地你一言我一語，幾個鬼齡較大稍有法力的鬼魂則直接用書本表達他們的不滿。

羅久逢捏了一個法訣，空氣立刻靜止，書本從半空落到地面，陳清羽靈活地伸出雙臂接住幾本書，疊整齊後放在桌上，抱怨道：「你們能不能別老是用這招？後續要清理的人是我欸！」她轉向羅久逢，偷瞄他剛剛使出法訣的右手。「你說的協會，會教我剛剛你用的那個手勢嗎？」

羅久逢想告訴她靜物訣通常用來封住惡鬼的行動，不過他都親自示範靜物訣的廣義用法了，實在不好正義凜然告訴她這個法訣的用途，只好轉移焦點：「不只有法訣，還有陣法、符文、法術可以學，而且協會的人都能和妳看到一樣的東西，妳不會再因為看到同學看不見的東西而覺得格格不入，或是為了同學的安全和他們保持距離。」

他最後幾句話讓陳清羽的眼底閃過一絲陰霾，若非羅久逢說出那些話的時候緊盯她的雙眼，他或許會錯過那抹一閃而逝的悲傷。

「但是抓鬼不是我的人生志向，協會什麼的我暫時不考慮，不過還是謝謝你的邀請。」陳清羽笑嘻嘻地拾起地上其他書本和剪報筆記本，那些書本快速回歸它們原本的位置，顯然陳清羽非常熟悉每一本書的歸屬地。「你要問問題了嗎？午休時間只剩三十分鐘。」

羅久逢沒有在介紹她進協會的事情上多作糾纏，但他敢說接下來不論他要做什麼，陳清羽一定壓抑不住好奇心跑來旁觀，羅久逢有把握等處理完地獄門的事，陳清羽對他所使用的陣法術式的興趣足以讓羅久逢說服她和他去協會。

羅久逢簡單說了黃守鷹告訴他的三起事件，然後提起林寶儀說的失蹤案，不過省略了林寶儀的存在，接著問她學校內有沒有類似的傳言或是任何種類的靈異事件。

陳清羽認真聽完他的每一句話，起身走到標有「郁凌高中」的書櫃旁，把裡面的筆記本全部抱出來放到教室內唯一的長桌上。「這是歷年和學校有關的剪報，這個社團好像只有……二十年吧？再往前的報紙就沒有了。社員把疑似和靈異事件有關的報導剪下來然後實際去探查，不過大部分都沒發現。每個剪報都有調查筆記，也許你能發現我們普通人不知道的東西，至於你說的情侶失蹤案資訊沒有很多，去年靈異社只有兩個社員，一個高三學長，在準備考試；另一個是高一學姊，除了喜歡學長，什麼事都沒做，學長畢業後她升上高二，招我入社以後就轉去電影欣賞社了。不過那個學姊的剪報都貼得特別整齊，而且有預先排版，我在補調查筆記的時候空間很足夠。」

「妳有在調查校園內的靈異事件？」羅久逢似笑非笑地看著她。

陳清羽微脹紅臉。「我只是確認事情真偽，補上調查筆記，以免之後入社，學弟妹會覺得奇怪怎麼空了一年。」

羅久逢無法理解為什麼陳清羽會本能否認自己對靈異事件有興趣這件事，也許長久以來陰陽眼和淨化體質只帶給她悲傷的回憶，她一方面想逃離自己強大的能力，另一方面又無法對自己所見的另一個世界置之不理。

羅久逢接過剪報本，翻到失蹤高中生的那一頁，陳清羽的調查進度還沒追上，所以這一頁除了四家不同報紙的報導以外空無一物。

四家報紙的報導內容十分雷同，大意都是來自同一所高中的一對小情侶留下逃家信然後一起失蹤，雙方家長都否認孩子有課業問題，也都知道孩子有交往對象但沒有強迫兩人分手。

「妳有聽別人說過他們兩個人是在學校裡失蹤的嗎？」羅久逢問。

「他們確實在學校失蹤。」陳清羽心不在焉道。

羅久逢猛然放下剪報本。「妳怎麼知道？」他思考後幾秒恍然：「妳在學校裡看到他們兩個人的鬼魂對不對？在哪裡看到？妳有和他們接觸過嗎？」他的手按在翻開的剪報上兩名高中生的失蹤協尋欄上方，兩人帶著笑意的臉深深刺痛羅久逢的眼。

「不要急，他們等等應該就會回來了，到時候……我不知道，也許你有辦法幫助他們。」陳清羽愈說愈小聲，伸手把剪報本從羅久逢手底下抽出。「你的手汗會把字弄糊。」她小聲抱怨，不過羅久逢知道她只是在找事情做。

有東西在靠近。

那股氣息近似惡鬼，羅久逢卻又能清楚感受兩者的差異，這個鬼魂沒有一般惡鬼那樣的毀滅性怨恨和憤怒，只有隨著他靠近鋪展開來極具腐蝕性的濃厚悲傷和絕望。

羅久逢起身，一手掐著法訣，另一手伸進書包捏住符紙邊緣，他過於專注在即將到來的半惡鬼身上，沒發現陳清羽無聲無息走到他後方。

那個半惡鬼穿過社團教室的門，因為羅久逢的存在而擺出防備的姿態，本來應該呈現半透明的魂魄身軀因為長期浸泡在魔氣裡，有大半的身體都被同化成魔氣般的黑霧狀，隨著主人準備攻擊而散佈到四周的空氣之中，使那名半惡鬼的身形更加模糊不清。

「啪！」一個清脆的巴掌聲響起，羅久逢錯愕地盯著自己比畫法訣到一半被拍掉的右手，然後左手掏出的符也被陳清羽一把搶走。

「你在幹麼？」陳清羽嚷道。

「我才想問妳幹麼咧！」羅久逢想把她推到自己身後，然後看到陳清羽轉過去教訓那名半惡鬼。

「把你的黑霧收好！不然等等又擴散到其他人身上，到時候又要我要幫你善後。你們男生就不能先問幾句再決定要不要決鬥嗎？」陳清羽把符紙往羅久逢胸口一塞，走向那名半惡鬼，那名半惡鬼翻了個幾不可見的白眼，眨眼間就把所有魔氣收回體內。「讓我瞧瞧你收回黑霧的樣子，這次離恆學樓近嗎？他們兩個呢？」

羅久逢垂下手觀察情況，周遭其他鬼魂不時偷瞄他幾眼竊笑，為他突然在陳清羽手下吃悶虧幸災樂禍。陳清羽前方的半惡鬼收回魔氣，露出完整的生前形體，他身上穿著郁凌高中的制服，已經同化為他形體一部分的魔氣像滴入清水的墨汁，逐步往他的身體中央擴散，等到他被魔氣完全同化，絕對不會像現在能夠因為陳清羽一句話就停止攻擊。

「我在恆學樓外面的樹下找到他們兩個。」半惡鬼說。兩條魔氣形成的繩子牽著兩個鬼魂的手穿門而過，羅久逢馬上認出那兩個鬼魂正是那對失蹤的情侶。

「可憐的孩子們，一個沒注意你們又一起亂跑，不是說過不可以靠近那棟大樓嗎？」幾名鬼魂七嘴八舌地越過羅久逢去迎接那對鬼魂，把他們兩個拉到角落的書櫃安坐，並低聲反覆囑咐各種規矩。

羅久逢看著兩個新進來的鬼魂空洞的眼神，問道：「妳知道他們兩個的魂魄不完整嗎？」陳清羽搖頭：「我以為是他們死前受到的驚嚇太大之類的，才會一直都沒什麼反應，我看不出他們兩個和其他鬼魂的差異。」

羅久逢走向書櫃，其他鬼魂有些畏懼地退開，半惡鬼想往前，卻被陳清羽制止。羅久逢仔細看了看兩個鬼魂的雙眼，確認他們都只剩下生魂，分別主掌意識和靈性的兩魂都不知去向。

「我去年十二月初在學校中庭找到他們兩個的時候，他們就是這個樣子了，目前為止我還沒聽過他們說任何一句話。」陳清羽停頓一下，然後語氣難得有些柔和地問：「你有辦法幫他們嗎？」

羅久逢回頭，就見到陳清羽將手輕覆在半惡鬼的雙手上方，魔氣化為溫馴的流水緩緩流向陳清羽的手，在接觸到她指尖的瞬間就被淨化。

這是羅久逢第一次看到淨化魔氣的過程，不是用陽氣灼燒，不是用法術驅散，魔氣在碰觸到陳清羽後微微發光，接著溶解在空氣之中，而陳清羽在淨化過程中周身的氣場也開始湧動，不過因為魔氣的量很少，羅久逢還沒觀察到什麼，陳清羽就鬆開半惡鬼的手。

羅久逢微微甩一下頭，不想承認自己剛剛看得太過入神。「妳剛剛問什麼？」

「你能幫助他們嗎？」陳清羽轉身面對他，揮手掃過周遭的鬼魂：「這裡每一個鬼魂之所以留在學校，都是因為他們有執念未了，而且不想被那個霧氣吞噬失去理智。一旦執念已了，他們就能安心地……真正離去。但這兩個鬼魂……我連他們的聲音都沒聽到，更別說他們有什麼未完成的心願了。」

羅久逢望向陳清羽旁邊的半惡鬼：「那他呢？成為惡鬼的鬼魂注定要下地獄，我剛剛看妳無法完全清除他身上的魔氣，妳想怎麼幫助他？」

半惡鬼沒好氣道：「我有名字，不要『他他他』的叫，好像我聽不懂人話一樣，小學弟。」

「學長只是被你所謂的魔氣侵蝕太久，他身上固著的魔氣我無法吸收進來，但他沒有傷害過任何人，我知道他不是真正的惡鬼，我們看過完全被魔氣同化的鬼魂，那才是你口中的惡鬼。」她邊說邊走到一人一鬼中央自顧自地介紹起雙方：「學長，這是羅久逢，學校請來調查靈異事件的人；羅久逢，這位是李偉誠，算是社團第二個社員，因為我們都一起調查學校裡的靈異事件。」

李偉誠哼了一聲：「學校哪裡還有什麼靈異事件？開學那個醜東西不是已經收拾掉了嗎？」

「食懼妖是妳消滅的？」羅久逢驚訝道。應付食懼妖最困難的地方在於克服自己的恐懼，它會讓人看到自己最害怕的事情成真的幻象，然後躲藏在幻象中伺機攻擊，直到那個人流血至死。羅久逢對付過一次食懼妖，那時候他直接用陣法破除幻象，用縛妖令鎮住那隻怪物，再用除魔咒把它打散。雖然對他而言不算難度太高的除妖任務，但他從小接觸這個領域，和對鬼一知半解的陳清羽完全不同。

陳清羽咬住下嘴唇：「也不能說是消滅……」她邊說邊將紮好的制服襯衫拉出百褶裙往上翻，眾鬼魂一致尖叫起來阻止她，李偉誠則閃身擋在她前方，半透明的身軀加上魔氣鑲邊，成功遮蔽陳清羽露出的腰間。

「你們這些鬼腦子裡都裝什麼啊？我只是要給他看那隻醜東西，又不是掀裙子，不要那麼緊張。」

本來基於禮貌慌忙別開頭的羅久逢這才回過頭，看到陳清羽的腰上有一隻縮小版的食懼妖，它的原型有節肢動物般細長帶節的十隻分肢，每個分肢末端都有如猿類拇指特長的手掌，本體則是一團被魔氣裹住的不明球體，正中央有一個和烏賊相似、人頭大小的口器，張嘴吐出的惡臭霧氣能夠使人進入它的幻象陷阱之中。

陳清羽肚皮上的食懼妖只剩下一個黑色的球和十條連接出來的線，若不是他們本來在討論食懼妖，羅久逢幾乎認不出來那是什麼東西。

陳清羽確認他看清楚後就放下制服下擺。「那時剛開學，學校裡的黑霧……魔氣比寒假前多了很多，學長從老師和警衛那邊聽說學校晚上鬧鬼，我想說可能是新生的鬼魂被黑霧影響，所以晚上來學校找那個鬼魂，因為只要沒有泡在黑霧太久，我都可以替鬼魂取走他們身體裡的魔氣。」

「妳的父母對妳半夜出門沒有意見？」羅久逢忍不住問。

陳清羽一臉莫名：「我爸媽？我爸媽住國外，我在學校附近租房子，他們說只要我成績不要難看到無法申請國外大學就不會管我，我覺得他們應該沒有意見吧？」

羅久逢真想扶額長嘆，到底是有多心大的父母才能養出陳清羽這樣完全不怕死的女兒？

「我跟學長避開警衛到傳言中最常鬧鬼的恆學樓以後，我聞到了一股很臭的味道，然後走廊就變形成一條石造路，空氣瞬間變得很熱，周遭都是……傳說中下地獄的人會遭遇到的酷刑，拔舌、刀山、劍樹、油鍋，到處都是慘叫聲，就算我摀住耳朵還是聽得見。」

食懼妖顯然能分辨這名少女和普通人不同，所以不光是榨取她的恐懼，還想殺死她。羅久逢屏住呼吸：「妳怎麼破除幻象逃出來？」

陳清羽無辜地眨了眨眼：「我有預感你不會喜歡這個答案，學長是鬼魂所以不受影響，我站在原地摀著耳朵的時候，他看到那個醜妖怪從地面浮出來，他試著擋住它，但妖怪把他甩到旁邊，張口想啃掉我的頭，可是它一碰到我，整隻怪物就被我吸收了。」

很好，困擾一所知名高中將近半個月的妖怪，製造幻象害一個警衛丟掉工作、另一個警衛差點嚇瘋，還有一堆人被幻影嚇到晚上做惡夢之類的，卻被一個連怪物的名字都不知道的少女直接吞到肚子裡。羅久逢悲傷地想，起身默默走出社團教室準備向協會回報。

「喂！你要去哪裡？你不是要問那兩個鬼魂問題嗎？羅久逢！」

第三章　招魂

「我不相信這個傢伙。」李偉誠在陳清羽耳邊抱怨。「妳下午去上課的時候，他就坐在這裡，看他背後的組織傳過來的資料，他在調查妳，妳要小心點。」

陳清羽想了想自己的家世，普通的經商家庭，可能比一般家庭有錢一點，生活無虞，生活圈單純，學校租屋處兩點一線，同學們覺得她是怪人所以班上沒什麼朋友，每天放學就泡在社團教室不出來，她想不出自己有什麼值得深入調查或有利可圖的長處，於是安慰李偉誠：「安啦學長，他一定是看我天賦超好，想要挖角我進他那個什麼協會。」

因為她平常的椅子被羅久逢占據，她只好坐在桌子上，闔上羅久逢正在看的剪報本。「看完我的資料有什麼感想嗎？其實你可以直接問我，不用等我回去上課以後再請人調查我，我會害羞。」

羅久逢對她臉不紅氣不喘說出「我會害羞」的行為無言以對，往後靠上椅背：「妳在國中的時候，似乎沒有現在那麼……活躍。」

「我讀的國中不像郁凌高中到處都是魔氣，我剛剛就想問你是所有高中都是這副模樣還是郁凌高中比較特別？看來是郁凌高中的問題，你才會出現在這裡。所以我說是這間高中的問題，不是我想斬妖除魔，我的人生規畫是出國念大學，然後進我爸媽的公司工作，不是肚子頂著一個逐漸變小的醜刺青每天在校園裡閒晃。」

話雖這麼說，但下午鬼魂們你一言我一語講述陳清羽如何為他們淨化魔氣、傾聽他們的執念，並想辦法為他們實現心願。羅久逢覺得陳清羽對待鬼魂的方式比他溫柔多了，讓他有些慚愧。他的任務注定得不斷面對各種妖魔鬼怪，有時候他幾乎忘了這些妖魔鬼怪曾經只是一個孤單的鬼魂。

「如果我有可能讓他們兩個說話呢？」羅久逢指向坐在角落牽緊對方的手的那對鬼魂。

陳清羽眼神一亮：「你有辦法？」

羅久逢注視陳清羽因為他的話高興起來的模樣，深深覺得她剛才強調自己的未來人生計畫和除魔無關一點都沒有說服力，可能他還沒找出看門人到底跑去哪裡，陳清羽就已經忍不住提出想去協會瞧瞧。

「妳先前的猜測其實很接近，一般人在世受到極大驚嚇，就有機率使魂魄離體，死亡前的恐懼也是。我想妳這兩位朋友——」羅久逢重新翻開筆記瞄了一眼剪報本上的名字。「許怡琳和郭佑希，死前看到了某些東西，覺魂和靈魂主掌意識和智慧，脫離本體讓自己處於無法理解周遭狀態其實算是一種保護機制。我能用招魂儀式召喚他們走失的兩魂回來，也許就能知道他們出了什麼事。」

李偉誠冷聲道：「你自己也說那兩魂離體是保護機制，把那兩魂招回來，他們不會因為回想起來驚嚇過度又發生什麼事嗎？」

羅久逢指著先前從書包取出的線香。「這是特製的安魂香，對鬼魂有很強的安撫效果，配合合適的陣法甚至能讓惡鬼暫時恢復心智，我看你挺需要吸一點。」

李偉誠怒視他，然後忿忿飄到陳清羽旁邊盤腿坐下。

「你招魂的時候，我能在旁邊看嗎？」陳清羽和羅久逢把教室中央的桌子挪到門邊時問他。

羅久逢有些猶豫：「妳要有心理準備，他們剩餘的兩魂已經在郁凌高中飄蕩一年，可能被魔氣汙染得很嚴重，再加上我不確定他們死前到底去了哪裡，我招過來的不會是普通的魂魄。」

陳清羽拍拍他的背：「我懂，所以你需要我幫忙對吧？畢竟我有你羨慕的神奇功用，等等絕對可以派上用場，要我做什麼儘管說，別客氣。」

羅久逢正想反駁他是在告知她危險性，但看到她信心十足的笑容，再想起她消滅食懼妖的事蹟，最後妥協點頭。

「我去幫你拿你的書包過來！」陳清羽飛快跑到教室另一端，在背對羅久逢以後，她臉上的笑容迅速褪去，僅剩擔憂和不安在她眼中閃爍。

她不敢問羅久逢失敗的話會發生什麼。這一年她在靈異事件調查社的日子稱得上輕鬆愉快，找到校內的鬼魂帶回社團教室，為他們清除魔氣，和學長巡邏鬧鬼的地方，這些都是她揮揮手就能解決的事，大部分的鬼魂執念無非就是想看看自己的兒孫念完高中，才會出現在郁凌高中，等那些鬼魂的兒孫畢業，他們就會安然投胎轉世。

然而羅久逢讓她意識到這個領域真正的模樣並非她先前見識的，鬼魂的世界遠比她經歷過的一切更加複雜危險。

妳還來得及遠離這些事。腦中有個想法悄悄冒出，試圖說服她：這和妳沒有關係，他是專業人員，讓他處理就好，妳只是一個普通高中生，想想妳的爸媽！要是妳出事了，他們會怎麼想？

陳清羽拿起羅久逢的書包，轉身往回踏出第一步，抬眼看到兩眼空洞的許怡琳和郭佑希，還有坐在旁邊不知道為什麼又在生悶氣的李偉誠。她想起她見到李偉誠的場景，已經幾乎化為惡鬼的李偉誠直衝向她，齜出利牙向她咆哮，她抓住他的雙臂阻擋他前進，然後發現他為了攻擊她形成的黑色尖刺都在碰到她的瞬間消失，他們維持同樣的姿勢對峙許久，久到李偉誠身上的魔氣褪到無法再被她淨化的程度，原本被魔氣包覆的惡鬼面孔也轉變成高中生的年輕臉龐。

那是她第一次遇到如此年輕的鬼魂，她捧住他因為逐漸恢復神智而被淚水浸濕的臉龐問：

「你怎麼了？」

他無助道：「我不記得，什麼都不記得了……」

「沒關係。」陳清羽輕輕摟著他。「我會幫你。」

對，她得幫助這些鬼魂，否則沒有其他人會在乎他們。所以她必須留下來，她對這裡每一個鬼魂承諾過，即使許怡琳和郭佑希也許根本就不記得這回事，她發誓她會送他們兩個平安轉世。

✡

羅久逢接過書包，取出一盒帶著特殊氣息的粉末，倒在一個小碟內和水攪拌均勻，葫蘆倒出的清水逐漸變白，羅久逢確認粉末完全溶解後用食指和中指沾了沾液體在地上畫起招魂陣，並在陣的四周點起安魂香，然後請陳清羽把兩個生魂帶到陣法中央的陣眼。

羅久逢將仍有白色符水的小碟交給陳清羽。「這是什麼？」她小心翼翼捧著小碟。

「加了淨魂粉的清水，一般畫陣法用祈福過的清水即可，但他們兩個的另外兩魂可能被魔氣嚴重汙染，等等招來的魂若試圖離開陣法攻擊我們，妳直接拿碟子裡的水潑他們。」

「不能讓我直接淨化那些魂嗎？只要讓我進去碰到——」

羅久逢大力搖頭。「不，妳現在體內有一隻食懼妖，甚至還在慢慢化解掉它身上的魔氣。妳能淨化的魔氣並非沒有上限，我不希望妳冒這個險，何況這是我的工作，怎麼可以要求一個高中生幫我忙？」

「你自己明明也是高中生，耍什麼帥。」陳清羽小聲咕噥，但還是聽話向後退幾步。

羅久逢拿出兩張符紙，用葫蘆口的水漉濕指尖寫下許怡琳和郭佑希的名字，手指輕彈，兩張符紙分別飛到兩個鬼魂的額頭上。他閉眼默念法訣，用陣法裡的生魂呼喚其餘兩魂歸來。

汗滴隨著羅久逢第四次、第五次試圖招魂而從他額角滑落，他能感覺到所尋找的魂在校園的某個角落，正在全力抵抗他的召喚，和他展開法力拔河，他將法力注入陣法內生魂和失散的兩魂之間的連結，在另一端開啟靈視，想看看到底是什麼東西在阻止他進行招魂儀式。

那是被人利用法術切割出來的空間，協會有些人也會切出這種異空間放置自己收服的式鬼，方便攜帶出門。不過眼前的空間顯然已經被靜置很長一段時間，郁凌高中無孔不入的魔氣已經腐蝕空間的結界，漫佈在整個空間之中。空間的中央畫了一個除魔陣，也在魔氣長時間的攻擊下千瘡百孔，陣法裡面有個人影，少年緊緊抱著躺在地上的少女，因為長期為少女擋下魔氣，少年幾乎完全被魔氣侵蝕，只剩下半張臉龐可以看出他曾經是人類。

羅久逢環視一圈，確認是除魔陣將這兩個人的魂綁在這個空間內，當初設置這個空間的人大概是怕他們被魔氣拖出去，但不知為何沒有回來接他們。

失蹤的看門人。

這是羅久逢唯一想到的人選，這或許能解釋她去年為什麼沒有回報協會，她可能在拯救這對小情侶的時候出了差錯。

但還是不能解釋看門人四年前沒有回報的原因。

羅久逢決定先丟開尋找看門人這件事，專注在眼前的困難上。

「郭佑希。」他把自己的聲音傳入空間，本來垂頭靜止不動的少年猛然抬起頭，眨著僅存的左眼尋覓聲音來源。「我是個驅邪探員，我是來幫你的。」

「在我變成這副鬼樣以後，你才要來幫我？」郭佑希發出嘲諷的笑聲，身上的魔氣隨著他歇斯底里的顫抖開始蠕動，並往他懷裡的許怡琳身上鑽，郭佑希見狀立刻停止大笑，深吸幾口氣。「抱歉，這些黑氣總會讓我變得憤世嫉俗。不過我想我確實沒救了對吧？」郭佑希眨眨血紅的眼睛。「不過我把她保護得很好喔！你看看她，你可以救她對吧？我盡量把那些黑東西都弄到自己身上了。」

郭佑希敞開部分魔氣，讓羅久逢看看他懷中的許怡琳，如郭佑希所說，許怡琳的魂只有些微魔氣汙染，羅久逢一道符咒就能清理乾淨。

羅久逢覺得有東西哽在喉頭。「是的，我能救她。但郭佑希，一旦我把你召喚回你的生魂裡，依照你被這些魔氣感染的程度，你會立刻變成失去理智的惡鬼。」

郭佑希安靜片刻，重新聚攏魔氣。「我會變成惡鬼？」

「是的。」

「那如果我留在這裡呢？」

「你們兩個會被魔氣腐化，直到你們也變成魔氣的一部分或是惡鬼，等這個空間垮掉，你們兩個人都會出去傷害別人。」

郭佑希盯著自己漆黑的掌心，小聲問：「變成惡鬼以後，我會傷害其他人嗎？」

「我會阻止你。」

「我會……下地獄嗎？」

「不會，你沒有傷害任何人，還保護了許怡琳，你很勇敢，這不是你的錯。」

「她去哪裡了？她說她會再回來找我們。」郭佑希忽然問。

「誰？」

「救了我和許怡琳的女生。我們害死她了嗎？」郭佑希右眼的魔氣緩緩流下，似乎在為他口中的恩人流淚。

「沒有，她失蹤了，可能跟你們一樣被困在某處，等我處理完你們的事情就會去找她，確定她沒事，好嗎？」

郭佑希點頭。

「現在，我需要你從內部解開除魔陣，我才能召喚你們離開這個空間。你仔細找找地板上會有白沙畫出的界線，把白沙特別集中的三個點都撥散，陣法就能解開。」

郭佑希俯身趴到地面，地板附近的魔氣太濃，不靠近根本看不清白沙的位置。

羅久逢說：「一旦破壞除魔陣，我會立刻將你們的魂召回，到時你……所以等你準備好再破壞除魔陣。」

郭佑希回頭再看一眼許怡琳，低聲道：「幫我轉告她對不起。」他語畢，手掌往地上一抹，先前感覺到的抗拒力立刻消失，羅久逢的靈視幾乎是被彈回社團教室，招魂陣內兩個生魂背後都出現自己失散一年的兩魂，生魂認出屬於自己的魂魄，向後倒去重新形成完整的鬼魂。

羅久逢踏前幾步，再次沾了清水直接改造招魂陣，隔開許怡琳和郭佑希，並將郭佑希那邊的陣法改為降惡陣。

郭佑希已經完全轉化為惡鬼，身上的魔氣開始燃燒，他扭曲著臉露出獠牙對羅久逢尖嚎，重重撞在陣法的結界上想逃出來。

「你在做什麼？」陳清羽氣憤地大喊。

「郭佑希被魔氣侵蝕太嚴重，妳不可能淨化他，我用降惡陣直接度化他去陰間，他會經過公平審判，不會因為成為過惡鬼就進地獄。」

「你能肯定嗎？」她質問。

羅久逢沒有回答。

「你怎麼能肯定死後的事情？萬一他就直接被當成惡鬼丟進地獄呢？不讓我試試怎麼知道他能不能被淨化！」

「他現在沒有理智，太危險了，陳清羽，不要過去！」羅久逢一邊加強降惡陣的法力束縛住快要衝出來的郭佑希，一邊對陳清羽大吼。

陳清羽丟下手中的碟子，用腳抹去陣法的界線。撕出一道隙縫，郭佑希立刻將臉貼到結界破口想擠出來，惡鬼的手緊接著抓碎部分結界襲向陳清羽，李偉誠閃身上前抓住那隻手，兩個鬼一起發出低沉的咆哮。

陳清羽把手放在郭佑希用魔氣形成的護甲上，郭佑希手上的護甲逐漸溶解，像墨水一樣流到陳清羽手上，如同絲絨手套般完整包覆她伸出的右手。

羅久逢停下畫第二個降惡陣的雙手，迅速繪製出三張縛魔令甩出去貼在郭佑希的額頭和兩肩。

此時原本的降惡陣結界完全粉碎，原本需全力阻擋惡鬼的李偉誠在符紙附到郭佑希身上後壓力減輕了不少，有餘裕查看陳清羽的狀況。

陳清羽在惡鬼極力掙扎下瘋狂甩出的大量魔氣中瞇起眼，在魔氣狂舞形成的強風中勉強抬起另一隻手，按在郭佑希變形長出尖刺的上臂上，尖刺在她的觸碰下變成柔軟的毛皮，溫順地軟倒，接著化為原型魔氣流動到陳清羽手上。

羅久逢手捏法訣，加大力道束縛住郭佑希，空氣中的殺意還未消失，惡鬼還在等待適當的時機反擊。

教室內湧動的魔氣忽然暴起，羅久逢甩出事先準備好的淨化符到陳清羽上方，化解掉從郭佑希身上衝出的魔氣餘波，然而羅久逢猜錯惡鬼的襲擊目標，他想同歸於盡的對象不是陳清羽。

是旁邊羅久逢臨時繪製的固魂陣法中的許怡琳。

固魂陣是為受到驚嚇、魂魄不全的對象在招回分散的魂魄後所用，剛招回的魂魄還很脆弱，固魂陣能夠穩定三魂七魄，方才因為郭佑希馬上就轉化為惡鬼，羅久逢只匆匆為許怡琳畫了個固魂陣，沒有為她設下任何保護。

李偉誠出現在許怡琳前方擋下那波魔氣，魂體像被點燃的紙片迅速變得焦黑，瞳孔也從普通人的深褐轉為血紅色。李偉誠從喉間發出隱忍的低吼，魔氣像風暴般在他身體周遭打轉。

「她要和我一起走！」郭佑希見計畫被打斷，身上的魔氣湧動得更厲害。

羅久逢又打出三張縛魔令，壓制住郭佑希原本被李偉誠抓住的手。陳清羽抓到空檔立刻將手伸向李偉誠：「學長！」

李偉誠咬緊他逐漸變形的獠牙，擠出殘餘的理智，向前抓住陳清羽的手腕，李偉誠臉上魔化的痕跡像退潮般快速褪去，片刻後他像剛浮出水面的溺水者大大吸了一口氣，魂體因為剛剛差點轉為惡鬼而顫抖。

羅久逢開口，企圖讓自己的聲音傳到惡鬼耳中：「你撐了這麼久不就是為了救許怡琳嗎？現在讓她和你一起成為惡鬼有什麼意義？」

惡鬼的眼神失焦片刻，然後重複道：「她要和我一起走。」

羅久逢知道已經無法和郭佑希講道理，在許怡琳前方築起一道淨化符排列成的堡壘，任何魔氣穿過這道牆都會被淨化，直到每張淨化符都失去功效。

陳清羽吸走李偉誠身上的魔氣後，手移到郭佑希的臉前。以往她並不能控制吸收魔氣到身上的速度，然而剛才李偉誠瀕臨轉化成惡鬼的邊緣，她感覺腦中有什麼破繭而出，緊扣住她的太陽穴，她的視野一度粉碎再重組，然後空氣中的魔氣不再只是黑色霧氣，帶了隱隱的黯淡光芒，就連盤據書櫃一角、她平時看不到的微弱魔氣都一清二楚，她的雙手也能夠感知到魔氣的位置和流動的方向。

她深吸一口氣，開始將惡鬼身上的魔氣引導到自己身上。

郭佑希對她發出刺耳的嚎叫，但被羅久逢鎮在原地動彈不得，自他臉龐褪去的魔氣像黑色淚水滑下臉頰。陳清羽感受到一股拉力在抗拒，惡鬼拒絕被淨化，他還能使用的魔氣化為細小的尖錐刺向陳清羽，通通都在碰觸到陳清羽的瞬間被淨化。

魔氣像是血液一樣沖蝕她的血管，在她身體匯集成黑色海洋漩渦，陳清羽知道她已經吸收超過她身體能負荷的魔氣量，但她依然沒有挪開手，持續淨化惡鬼。

「陳清羽，快停手，妳的身體已經到極限了，離郭佑希遠一點！」

尖錐碰觸到陳清羽後不再被化去，而是刺入她的身體，留下一個個鮮血淋漓的細小傷口，陳清羽的鼻子流出鮮血，淌到她的嘴唇，再順著她的嘴角滑落，淌在她制服領子上。她體內的魔氣翻湧，彷彿她的身體是困住野獸的牢籠，那頭野獸正在橫衝直撞，想要撕扯出一條生路。

「她答應會回來救我們，但她沒有回來。」郭佑希恢復了原本的聲音，掙扎的力道減弱，他的視線越過前方的陳清羽，投到羅久逢身上。「我們做錯了什麼？要被遺棄在那種地方，變成這副模樣？」

羅久逢舉起符紙，輕聲回答：「你們沒有錯，錯的是我們這樣的人沒能拯救你們。」

李偉誠來到陳清羽後方試圖拉開她，但她仍固執地想淨化郭佑希，即使她的身體已經無法再接收更多魔氣。「你還在等什麼？快動手！」李偉誠回頭嘶聲道。

陳清羽嘴含鮮血，口齒不清道：「讓我試完，羅久逢，你明明也想救他，都到這個地步才放棄不是很愚蠢嗎？你負責淨化他身體外的魔氣，我會把他魂體裡的魔氣全部拖出來。」

羅久逢定睛看著她臉上的血，然後快速畫了四張淨化符，讓它們立在陳清羽的身體周遭，化去那些仍在攻擊她的尖錐，同時補充了先前隔開郭佑希和許怡琳的淨化牆，郭佑希始終沒有放棄用魔氣感染許怡琳依然脆弱的魂魄。李偉誠憤怒地在陳清羽四周打轉，痛恨自己無能為力，也痛恨為陳清羽帶來傷害的惡鬼。

陳清羽忽然張開眼注視他：「沒事，我可以感覺到，我能幫助他。」她語畢露出一個淺笑，將手按在郭佑希的胸口，郭佑希仰頭發出痛苦的哀鳴，但陳清羽沒有停下動作，魔氣衝過她的手臂環繞上她的頸部，她的耳朵也開始流出血。「我會救你，」她喃喃道。「我會拯救你，你不屬於地獄，所以……把你的魔氣……通通給我！」

陳清羽喊出最後一句話的時候，羅久逢感受到一股強大的法力自她身上爆發開來，甚至震開屋內所有符紙，羅久逢本能舉臂阻擋強風，等教室的空氣穩定下來以後，他看到破碎的降惡陣中央坐了一個鬼魂，陳清羽擁著他，像個孩子般淚流不止。

第四章　死亡的旅程

「妳知道自己錯在哪裡嗎？」李偉誠雙手環胸，嚴肅地問正在替羅久逢包紮傷口的陳清羽。

陳清羽小心翼翼說：「莽撞行事、不知道自己的極限在哪、沒看場合就亂逞強、不聽專業人士判斷和指揮？」

李偉誠有一瞬間看起來要化身惡鬼：「妳都知道還敢做這些事？妳腦子進魔氣了嗎？不是說要平凡畢業，然後出國留學進爸媽公司上班嗎？」

陳清羽思索片刻，想不出什麼反駁的話，只好張大眼睛盯著李偉誠：「學長，我錯了。但我整體來說沒事啊，還成功淨化郭佑希了！我休息個幾天，說不定就能幫你——」

「妳給我好好養傷，不要想這些有的沒的。」李偉誠說完直接穿出社團教室，顯然被陳清羽氣得不輕。

李偉誠一離開教室，陳清羽立刻垮下肩膀露出隱藏許久的疲態。「他很關心妳。」羅久逢在最後一道傷口蓋上紗布，貼上透氣膠帶。

「謝謝。」她道謝後閉上眼。「不過暫時別和我說話，我覺得像生吞了一堆蛞蝓，現在消化不良全部都在我的胃裡爬來爬去，再多說幾句話我就要吐出來了。」

「吐的時候小心點，別吐在我的法器上。」

陳清羽勉強掀開眼皮，有氣無力地瞪了他一眼。

羅久逢走到固魂陣旁，現在陣法內有兩個鬼魂，許怡琳才剛甦醒，正在茫然打量四周，羅久逢見狀再點了一支安魂香，相較起郭佑希，他比較擔心昏迷不醒的許怡琳，鑑定魂魄的損傷向來不是他擅長的領域，畢竟消滅惡鬼通常只有兩種結局：罪大惡極就打到魂飛魄散，尚可贖罪就渡化送去陰間審判。羅久逢有點後悔自己只鑽研各種惡鬼相關的陣法和符文，其他領域都是在祖母的逼迫下才大略學習。

「怡琳？」郭佑希一看到許怡琳的眼瞼開始顫動，立刻滾上前呼喚她。

陳清羽聽到聲音跟著張眼往固魂陣看去。許怡琳坐起身環顧四周，似乎不能理解自己為什麼出現在這間教室，然後她抬起自己半透明的手打量了很久，才輕聲問道：「我們死了嗎？」

羅久逢回答她：「是的，我很遺憾。」

許怡琳恍惚盯著郭佑希，輕聲問：「那我們為什麼還在這裡？」

「你們在學校有什麼來不及實現的願望嗎？」陳清羽問。

郭佑希困惑道：「學校？學校就上課而已。如果要說有紀念意義，補習班才是我們初吻的地方——」

羅久逢乾咳一聲打斷他：「你和許怡琳的魂魄還在學校，是因為這裡有你們無法釋懷的執念，既然你說學校只是上課的地方，它對你們來說唯一重大的意義就是死亡。你們想知道自己出了什麼事，這樣的執念把你們困在死去的地點。我能替你們回溯那天晚上發生了什麼事，但不會改變任何事實。」

郭佑希和許怡琳對視，眼中充斥著恐懼，羅久逢能夠理解，並不是每個鬼都敢面對自己的死亡，否則就不會有那麼多鬼魂被死亡的執念綁在人間，最終化為惡鬼，只為拒絕進入陰間。

「不必現在就知道沒關係，這是我的名片，我會給這邊這位學妹，等你們想知道的時候請她聯絡我。有她在，你們不必擔心被學校的魔氣轉化成惡鬼。我這幾天還會在這附近，只要你們希望，我隨時可以過來。」

羅久逢將名片交給陳清羽。雖然他恨不得立刻回溯兩個鬼魂的記憶尋找看門人的蹤跡，但這類法術需要被施術者的配合，否則容易對被施術者的魂魄造成不可逆的傷害。他相信自己一旦強行回溯兩個鬼魂的記憶，陳清羽會立刻找東西敲破他的腦殼。

陳清羽捏著他的名片在手上翻來覆去。「三級驅邪探員？你的頭銜為什麼這麼……」

「現代化？」羅久逢替她接下去，陳清羽聳肩默認他的用詞。「協會想跟上時代吧？我不知道，那不是我能決定的事。」

另一邊郭佑希和許怡琳低聲商討完畢，轉過來鄭重對羅久逢說：「我們決定好了，請你回溯我們的記憶，讓我們離開這所學校吧。我們接受已經死掉的事實，繼續留在這邊不會改變什麼。」

羅久逢隱藏自己的驚訝，他本來預計他們需要兩三天才會下定決心，能在這麼短的時間內就決定面對自己死亡場景並不容易。

他看了看凌亂的地板，問陳清羽有沒有拖把，她指了指教室外的廁所，然後婉拒陳清羽想起身幫忙的提議，自行去外面拎了拖把進來清掉地面的血漬和符水的痕跡，接著把剛剛焚燒的安魂香香灰蒐集起來倒入清水中，在教室地板畫了一個回溯陣法，安魂香的香灰能讓兩個死者回溯自己的死亡現場時不至於再受到過多驚嚇。

他還有第二個方案能降低對郭佑希和許怡琳的傷害，但他打量一下陳清羽狼狽的外貌和疲憊的神情，決定還是把這個提議留在心中。

「怎麼了？說出來，你剛剛想到什麼跟我有關的東西對不對？」陳清羽敏銳地捕捉到他的眼神。

羅久逢無奈道：「我只是看妳一眼。」

「才怪，你的陣法是不是用得上我？你看著我的眼睛回答我，不可以騙我。」陳清羽挺直背脊認真直視他的臉。

羅久逢舉起雙手投降。「回溯陣法可以讓施術者以被施術者的身分回溯它死前的記憶，讓被施術者成為旁觀者，減少死亡當下帶給它的衝擊和傷害。我想從郭佑希的角度進入回憶……」

「我以許怡琳的身分進入回憶。有什麼問題嗎？」

「妳會體會到死亡。她的恐懼、茫然、憤怒……所有情緒都會映射到妳身上。」

陳清羽歪頭，神色肅穆：「但那些都不是真的發生在我身上。」

羅久逢不知道該誇讚她馬上就能跳脫出來還是罵她不知死活。「只要我發現不對會立刻中斷陣法離開回憶，懂嗎？」

「郭佑希提到的『她』，就是你在找的看門人對吧？所以你才會急著回溯他們記憶，想尋找她的蹤影。你不能中斷陣法，這對你很重要，不是嗎？」

羅久逢讓郭佑希和許怡琳站到陣法中央，嘆氣道：「過來吧，在李偉誠回來之前，我們趕快開始。」

她在寫字。

許怡琳腦中一片渾沌，手不聽使喚繼續寫字，寫下她為何要拋下她深愛的家人，因為她和郭佑希即將去一個美好的地方，雖然她一點都不厭惡她所在的環境，她還是不受控制寫下憎恨和敵視。

這不是我真正想的東西，這不是我想寫的。許怡琳在心中默想，但還是將那張紙放在客廳桌上，然後悄悄打開家門，頭也不回地前往學校。

走在路燈下時，她感到一股奇異的愉悅感，但走得愈久，那股愉悅感逐漸變得僵硬不自然，在她抵達校門的那一刻達到極致，她忽然了解這個情緒不屬於她，這個軀體也不屬於她。

她不是許怡琳，她是陳清羽，她是來弄清楚許怡琳怎麼死的。

許怡琳跨過校門，越過無人的警衛亭，和等在警衛亭後面花圃的郭佑希會合。他們的視線交會，陳清羽能看出郭佑希的眼神茫然沒有焦點，陳清羽相信許怡琳也處於一樣的狀態，他們都被魔氣控制，失去思考能力。

陳清羽想開口問羅久逢，但發現身體不受控制後就靜下心來感受許怡琳的情緒，她依然處在奇異的愉悅中，彷彿她正要和郭佑希前往天堂。他們兩人十指相扣，靜靜漫步在校園之中，沒有任何人注意到兩個在夜裡遊蕩的學生，他們順利直行到操場中央，那裡憑空出現了一扇巨大的黑色鐵門，外圍圍著深紅門框。

那扇門在召喚他們。

陳清羽感受到極為強烈的矛盾，許怡琳的身體感受到快樂、歸屬感、欣喜若狂，但在她身體裡的陳清羽卻對那扇門產生強烈的恐懼和排斥，本能尖叫著要她趕快抽離這段回憶、遠離那扇門，她卻動彈不得。

許怡琳和郭佑希牽緊雙手步向那扇黑色的門，在碰到門的前一刻，他們終於脫離被魔氣魘住的狀態，極深的冰涼恐懼從腳底湧上來，但她已經踏出最後一步，邁入那扇黑門。

她輕易穿過那扇門，嚴格來說並不是完整的她，她的肉體在穿越門的瞬間伴隨劇痛灰飛煙滅，許怡琳在越過門的那一刻就已經死亡，只有魂魄在痛苦後殘存下來，看清門後的模樣。

寂靜和淒涼。

她看到骷髏堆成的小山形成的群岳，寂涼的風吹拂過，帶起地面的塵土，黑色的霧氣盤旋在骷髏山上，被風推往門邊的她。

郭佑希跌跌撞撞來到她身旁，大口喘著氣，顯然還沒從死亡的驚恐中回過神。

她甚至沒有時間側頭看他最後一眼。

黑色霧氣如暴風席捲到他們前方，化為一個黑色人影，她聽到霧氣內傳來興奮的竊笑聲，那個東西享受著輕易落網的獵物們送上門的快感，接著重新化為一圈霧氣衝向兩人的魂魄，許怡琳本能向前一步，擋在郭佑希的前方，那個東西撕扯她魂魄的同時，陳清羽抓住了許怡琳臨死感受的情緒。

……我好害怕……

✡

她在郭佑希的眼前被撕裂。

羅久逢盡量不讓郭佑希的痛苦和驚懼影響自己，把握時間在他的視野內尋找其他可以充當線索的物品。

這裡是偽地獄，由地獄魔者凝聚大量的魔氣塑造出一個接近地獄的空間，被誘騙入這個空間的生物基本上等於一腳踏入地獄，偽地獄會摧毀空間內生物的肉體，接著地獄魔者會視心情決定如何對付獵物，有時它們會將吸引過來的魂魄撕開來吞食下腹，有時則用魔氣強行將魂魄轉化為惡鬼，再送出偽地獄去替自己尋找更多獵物。

偽地獄通常出現在地獄門被封印，但外洩的魔氣夠多的時候，被困在地獄的地獄魔者創造偽地獄形成通往地獄的破口，避開地獄門的封印將凡人拉入地獄。

地獄魔者丟開許怡琳四散的魂魄，貫穿郭佑希的魂體。

未知的恐懼將羅久逢拉回郭佑希的意識中，看著地獄魔者抓住魂魄的一角，像撕開包裝般把他的生魂緩緩扯出魂體，羅久逢猛然抽離郭佑希的情緒，免得自己被恐懼和疼痛淹沒，羅久逢認為任誰經歷這樣的事情，事後想不起來都情有可原。

地獄魔者再次靠過來的時候，一隻手穿過鐵門，在空氣中畫了個符文，一道淨化符憑空出現在郭佑希和地獄魔者之間，來不及停下的地獄魔者直接撞上淨化符，空氣中傳來肉塊燒焦的臭味，地獄魔者怪叫著後退了幾步。

羅久逢的視野一陣天旋地轉，等他回過神，郭佑希和許怡琳已經在切割出來的異空間中，周遭佈下了淨化陣。

「抱歉我來遲了。」空間外傳來一個女人的聲音，因為氣息凌亂難以分辨年紀。「別怕，你們先待在裡面，外面魔氣太多，你們只有兩魂太過脆弱，容易被感染……我去把你們的生魂帶回來，在裡面等我，我很快就回來。」

那個女人說完話之後，周遭就陷入沉靜，接著空間內的光線轉暗，羅久逢知道看門人不會再回來，結束回溯陣法退出這段回憶。

本來牽著羅久逢的手和他一同打坐入定的陳清羽深吸一口氣，鬆開他的手環抱自己抑制顫抖。「給我一分鐘。」她低聲道，垂下頭平復情緒。

羅九望向回溯陣法內的兩個鬼魂，他們方才用旁觀者的角度觀看整場回憶，所以沒有受到太大影響，最多只有憶起重要時刻的恍然。

「我們……我們在通過那道黑門的時候就死了？」許怡琳問。

「對，後來出現的那個女人再怎麼努力，也只能保住你們三魂七魄不被吞食或進入地獄，沒辦法讓你們活過來。」

「她後來怎麼了？」郭佑希問。

羅久逢有些遲疑：「因為你們的生魂還在偽地獄裡面，我想她應該成功毀掉那扇門釋放你們的生魂。」他沒有再說下去，後續的發展指出唯一的可能：那個女人在救出生魂後就死亡，將郭佑希和許怡琳留在自己建立的空間中被魔氣慢慢吞噬。

那個看門人甚至淨化了整所學校內的魔氣，否則郁凌高中根本不可能撐到四月才因為魔氣開始出現異象，而會早在偽地獄消失後不久就因為學校失去看門人爆發更嚴重的事故。

「我們害死她了嗎？」郭佑希提出問題時，許怡琳和他一同流露出痛苦的神情。如果人們都和他們兩個一樣善良，也許就不會出現那麼多惡鬼。

「不，做我們這個行業本來就有風險，我們不知道什麼時候會遇上預料之外、自己無法打敗的鬼怪，你們要責怪的對象是主動傷害你們的怪物，而不是自己。」羅久逢站起身。「時間差不多了，你們也感覺到了吧？」他抹掉回溯陣法的其中一條線，讓陣法失去效用。

許怡琳仰頭，身形開始變得透明。「我們會去哪裡？」他們握緊彼此的雙手，陳清羽也跟著抬起頭，瞪大眼注視羅久逢。

「投胎轉世。這次你們絕對可以活得長長久久，安享晚年。」羅久逢沾了葫蘆內的清水輕輕點在兩人的額頭，為他們低聲念誦往生咒。

兩個鬼魂散出微光，魂體逐漸消失在光芒之中，郭佑希在最後一刻流下眼淚：「謝謝你。」

羅久逢沒有回答，輕輕點頭，兩個鬼魂在經文的祝福下消失在微光之中。

他重重吁出一口氣，拉過旁邊的椅子坐下，抬頭看教室內的時鐘，已經晚上九點半了。

「妳知道學校附近有什麼東西可以吃——妳哭什麼啊？」

陳清羽一邊抹去臉頰上的眼淚，一邊繼續哭著說：「我只是覺得很感動，化解他們兩個的執念讓他們順利離開了，剛剛的場景真的很動人……」

「整個過程都我在出力，妳當看電影感動到哭的嗎？先告訴我哪裡可以吃飯再哭，行不行？喂！」

第五章　他也曾是人類

「羅勒義大利麵佐嫩煎雞排，新鮮現微波，如何？」陳清羽把盤子放到羅久逢面前。

羅久逢掃視屋內各種便利商店的屯糧，小心翼翼道：「這跟我想像中的『妳做的菜』有點不一樣。」

陳清羽挑眉：「我親自微波，有什麼問題嗎？你是不是漫畫看太多，對獨居的女高中生有什麼錯誤幻想？」

「不是，我只是……」羅久逢嘆了一口氣，不想再和眼裡閃著惡作劇光芒的陳清羽爭辯。「妳可以不用那麼破費，我一碗泡麵就能解決。」

「你要挑自己喜歡的口味嗎？」陳清羽站在泡麵塔旁問他。

羅久逢走過去，拿了最上方的海鮮口味，借了個碗，撕開包裝和調料包，通通倒入碗中用熱水沖開，陳清羽遞給他自己的課本，羅久逢猶豫一下才蓋到碗上。

陳清羽坐到他原本的位置，用叉子捲起義大利麵。「所以你找到你要的東西了，靈異事件也處理好了，你接下來要做什麼？」

「我已經回報協會。如果看門人真的死了，我需要實際看看現在地獄門的狀態，再和協會商討處理方案。在地獄門上建學校是為了用學生的陽氣壓抑魔氣，但現在情況完全相反過來，協會有義務保護郁凌高中的學生。」

陳清羽用叉子戳了戳雞肉，小聲問：「所以操場中間一直有一道我們普通人看不見的大鐵門直通地獄？」

「喔？許怡琳和郭佑希進的不是真正的地獄門，那叫偽地獄，地獄和人間的暫時性通道。真正的地獄門應該藏在恆學樓某處，我不確定我能不能逼它現形……」

「既然地獄門那麼危險，難道沒有消滅它的方法嗎？」

「如果是千百條人命的戰爭或是含恨而死的沖天怨氣形成的地獄門，大概會在十年到二十年後自然消失。郁凌高中的地獄門已經存在五十年，代表它是人為創造出來，我還沒聽說摧毀人為召喚的地獄門的方式。」

「你的那個什麼協會也不知道？」

「應該不知道吧，有的話早就來處理這扇門了。」

「所以這個理論上死掉的看門人，是學校地獄門的第幾任看守者？」

羅久逢拿開課本搖頭：「我們這些探員不會知道太多關於看門人的事，以免情報落入惡鬼手中，就連協會的高層都不一定清楚看門人的特殊能力以及樣貌。看門人在守門期間通常會自行選定接班人，如果在任內出意外或死亡，接班人會接手守門的工作，直到地獄門消失，所以來協會回報地獄門消失的人和當初被指派去守門的是不同人的情況不算少見。」

陳清羽想了想問道：「意思是學校裡現在可能還有看門人，只是我們沒遇到那個人？」

羅久逢皺眉。「我懷疑。照今天我們弄出的動靜，若還有看門人，應該會過來查看。我本來以為這邊的看門人固定三年回報一次是個人習慣，所以看門人始終沒有換過，但我在郭佑希的記憶中聽到的不像老年人的聲音……五十年，當初再怎麼年輕的看門人起碼也六十五歲了……不過不論有沒有換人——」

「看門人去年就死了，這是你的結論？」陳清羽吃完最後一口麵。

羅久逢用筷子夾起麵條。「協會得再派一個看門人來郁凌高中。」

陳清羽好奇道：「剛剛聽起來看門人和協會之間的關係很薄弱，但其實看門人都是協會出身？」

「我們分會這邊已經很久沒有新的地獄門產生，協會上一次選拔看門人的時候我才四歲，對選拔過程沒有太多印象，但我記得當年選上的人是我叔叔，從那天起，他像是從我們家族消失一樣，沒有人再提起他，他也沒有再回家過。」

陳清羽拿起盤子走到洗碗槽前，開始清洗盤子上殘餘的沾醬。「聽起來很悲傷。」她的聲音含糊不清，以致羅久逢錯過了她的評論。

「不過妳住的地方真的離學校很近。」羅久逢端起碗轉身面對窗戶，窗外道路盡頭轉彎走個五分鐘就到達郁凌高中。

陳清羽露出得意的笑容：「你猜我每天都睡到幾點才起床去上學？」

每天清晨五點半就起床練拳的羅久逢表示不是很想聽到答案。

「七點四十！我還能在路上買早餐！我先去洗澡，你早點睡啊，男生高中還有機會長高，你以後就能用身高氣勢去嚇退惡鬼了。」

羅久逢無語片刻，然後道：「妳的傷口很深，小心別碰到水。」

「我不是小孩子了。」陳清羽對他扮個鬼臉，飛快關上浴室的門。

羅久逢在她進入浴室拿出手機，開始整理下午得到的資訊，一一匯報給祖母。祖母似乎等待晚間的報告已久，馬上傳了指示回來，並要他在任務結束後說服陳清羽去一趟協會。

羅久逢咬著泡麵湯裡的魚板，思索祖母第二個指示背後是否具有更深的含意，還是單純只想見見這位體質特殊的少女？

他開始後悔在報告中提到陳清羽。

「我在洗手台上放了一根新牙刷……你怎麼了？臉色發白。」穿著睡衣的陳清羽無聲無息貼到他後方，羅久逢猛然抬頭，差點撞到她的下巴，她連忙後退一步。

「我想跟妳談談李偉誠。」羅久逢道。

陳清羽拿起杯架上的馬克杯倒了一杯水，坐回剛才吃晚餐的位置。「學長怎麼了嗎？」

「妳的社團教室裡的鬼魂都很年輕——我是指鬼齡，他們都死亡不到一年，代表先前的看門人會超渡校園內的鬼魂，免得生成惡鬼。但我看到李偉誠的學號，也在社團筆記本上看到他的報導，他四年前高三，從恆學樓教室跳樓自殺。」

陳清羽的指尖沿著杯緣畫著圈，神色懨懨：「我知道學長跳樓自殺，但他不記得自己自殺的原因了，他說他不想再追查，我私底下找過他的家人，他父母離異都各自有新的家庭，所以我只能說他自殺的原因應該和家庭無關，他和家人的情感聯繫不高。」

「不，我的意思是他可能見過那個去救許怡琳和郭佑希的看門人，甚至和她有交集，因為他是唯一一個鬼齡超過三年的鬼。」

「我第一次遇到學長的時候，他已經幾乎轉化成惡鬼，也許這影響到他的腦袋？等他變回現在半惡鬼的模樣以後什麼都不記得了。」陳清羽迷茫說：「我本來以為到我畢業前一切都不會改變……」

「妳難道不想知道他自殺的原因，為他解開執念嗎？」羅久逢痛恨高舉道德旗幟卻另有目的的自己，但不這樣說，陳清羽明天也許不會幫自己說服李偉誠。

陳清羽誤解了他的意思，有些愧疚地低下頭：「我一直都一個人，所以我沒有仔細考慮過……」

「我指的不是這個，清羽，妳不能一輩子都只和鬼魂當朋友。」羅久逢發自內心真誠說：「妳只和鬼魂當朋友，是因為妳能一眼就看出他們懷抱惡意還是善意，但不是每個人都會傷害妳。」

陳清羽縮回手，有一瞬間，她看起來像是希望自己消失不見。但她的脆弱馬上沉回水底，她又露出白天嘻笑的樣子跳下椅子。「明天問問學長的意願吧，又不是我們兩個能決定的事。我在沙發上放了條毯子，枕頭你隨便拿個抱枕將就一下，失血過多的傷患要睡覺了，晚安。」

陳清羽關上房門後，羅久逢靜靜盯著他眼前的湯碗，直到月亮爬過半個夜空，他才起身洗淨湯碗，在沙發上閉上雙眼。

✡

「我當然知道我怎麼死的，我從恆學樓的教室跳下來，碰一聲，我就變鬼了。」李偉誠用不耐煩的態度閃避羅久逢真正的問題，閃到陳清羽的前方雙手抱胸：「妳昨天讓那個小子睡妳家？」

旁邊的鬼魂們紛紛倒抽一口氣，對羅久逢投以譴責的眼神。

「睡我家沙發而已，別那麼緊張，他一根手指都沒碰我。」

「所以他沒幫妳換藥？」李偉誠指著她手臂上的紗布提高音量。

羅久逢翻了個白眼。

「傷口都在我能處理的地方。學長，你要不要先聽羅久逢問完問題？」陳清羽安撫完李偉誠，把話題導回羅久逢身上。

李偉誠把眼神移到羅久逢身上，坐到桌子上盤腿。「問吧。」

「你想回溯死前的記憶嗎？」羅久逢問。

「你想解開我的執念，送我進輪迴嗎，探員先生？現在的驅邪探員都這麼好心，為每個失憶的鬼魂解開記憶之謎，還是我的記憶裡有你要的東西？」李偉誠愈說敵意愈重，魔氣開始在他四周打轉，陳清羽站到兩人之間，把手放在李偉誠的肩膀上。

「我昨天學會了一樣新東西，你別動。」陳清羽感覺以往在李偉誠魂體內生根的魔氣不再是固著難纏的黑色物體，隨著她的感知逐漸溶解，重新化為霧氣往她身體飄動。

李偉誠感覺到魂體內的魔氣開始少於平時最低的量時，忽然明白陳清羽學會了什麼。「住手！」魔氣猛然爆發開來，氣流將陳清羽往後推開，羅久逢及時伸手拉她一把，她才沒有跌倒。

「學長？」陳清羽驚訝地看著仍處於盛怒狀態的李偉誠。

「妳把我淨化成普通鬼魂的話，我拿什麼保護妳？妳一個人傻傻地在學校裡拯救其他被汙染的鬼魂時，還有誰敢站在妳背後替妳擋住那些惡鬼？」李偉誠還存有理智，沒有讓身上的魔氣亂竄汙染其他在場的鬼魂。

陳清羽走回李偉誠前方，魔氣自動繞開她，她仰頭看著浮在半空的李偉誠：「我沒有先講一聲就直接淨化你是我的錯，我太急著跟你分享這件事，我現在能控制吸收魔氣的力量，將來你需要的時候跟我說一聲，我一定會為你淨化掉身上所有魔氣。我不會再未經同意就抽走你身上的魔氣了，現在我們可以來一個和好的握手嗎？」她伸出手，掌心向上。

李偉誠周遭的魔氣逐漸收回體內，然後有些不甘願地將手放上陳清羽的掌中，慢慢降落到地面。「抱歉，我太激動了。」他小聲道。

「沒事，你沒有傷害到其他鬼魂。」陳清羽笑著回答。

李偉誠沉思片刻轉向羅久逢：「回溯我死前的記憶吧，但我不需要你用我的視野觀看，我要自己看清楚我是為了什麼跳下恆學樓，你們在旁邊觀看就好。」

羅久逢並不意外他這麼說，聳聳肩：「全部遵照您的指示。」他說完請在場其他鬼魂離開，再一次和陳清羽挪開教室中央的桌子，在教室地板畫上回溯陣法，這次他稍微修改陣法邊緣，讓他和陳清羽能一起以旁觀者的角度進入李偉誠的回憶。

「準備好了嗎？」他問陳清羽，陳清羽對他比了個姆指表示沒問題。

已經踏入陣法中央的李偉誠翻了個白眼：「我以為要重溫死前記憶的人是我，你怎麼不問我準備好了沒？」

「學長，你準備好了嗎？」羅久逢從善如流。

「早就準備好了，不需要你問。」

羅久逢深吸一口氣，忍住不開口罵點什麼，他舉起手在空氣中勾勒符文，啟動陣法打開李偉誠的回憶。

✡

周遭一片漆黑。

一開始，羅久逢以為是因為他身處於黑夜之中，過了幾分鐘他注意到夜色在緩緩移動，不時露出後方的點點燈光，他才驚覺自己站在一個熟悉的地方。

恆學樓。

他從未見過如此濃厚的魔氣，多到足以遮蔽住他的視線，有人輕輕扯了一下他的衣袖，是陳清羽，她瞇著眼張望四周說：「我什麼都看不到，你有什麼辦法嗎？」

「這是李偉誠的回憶，我們只能進入他當時所在的環境，無法改變任何東西，我沒辦法驅散這些魔氣。」

旁邊忽然閃出一道刺眼的光芒，羅久逢轉頭，看到陳清羽拿著手電筒，照出往恆學樓樓梯間的路。「手電筒是社團調查必備物品，推薦你隨身帶一個。這道光回憶裡的人看不見，對吧？」

羅久逢默認她的話。

陳清羽舉高手電筒左右掃視。「上次在郭佑希他們的記憶裡我沒在學校看到這麼多魔氣，為什麼這次會有？」

「上次我們是透過一般人的視野進入回憶，這次我們是旁觀者，我們能看到回憶內具備的所有事物，而回憶裡的人看不見我們。」

學校鐘聲響起，羅久逢看了看天空，猜測是晚自習九點半結束的鐘聲，留校的高三學生們陸續走出樓梯間，三三兩兩並肩往校門口去。

羅久逢和陳清羽站在原地，幾名高三生有說有笑地穿過他們繼續向前走，魔氣圍繞在他們身體周遭的陽氣外，似乎在尋找合適的攻擊角度，最後不敵陽氣退回原本的位置。

「李偉誠，你要去哪裡？公車快來了！」一名高三生在陳清羽旁邊回頭大喊，陳清羽和羅久逢一同往他喊話的方向望去，看到活著的李偉誠的背影消失在樓梯間。

「我有東西忘記拿了，你先走，我搭下一班公車，明天見！」李偉誠衝到二樓的走廊後才貼著走廊圍欄對他的同學喊，他的同學向他揮手後轉身離開。

一股拉力將羅久逢和陳清羽扯向恆學樓四樓，他們跌進三年二班的教室，看到李偉誠剛踏進教室，彎腰要拿出抽屜遺留的課本。

「晚上好，李偉誠。」一個低沉嘶啞的聲音在教室內響起，李偉誠打直身體左右張望，羅久逢則拉著陳清羽退到教室門口，以便看得更清楚。

教室內的魔氣逐漸凝聚成一個醜陋的形體，一隻鬼蠱，通常出現在鬼怪多、人類少的地方，因為人類的數量不足以供每個鬼怪飽食，它們會自相殘殺，互相吞食，有些沒辦法完全吞噬其他鬼怪，就會像眼前這隻鬼蠱一樣，擁有過大的頭和四對眼睛，三隻右手、兩隻左手，以及十幾隻腳，有些腳是動物的蹄子，卡在身體邊緣無用地蹬著腿。

鬼蠱顯影到普通人也看得見的地步，李偉誠一看到它噩夢般的形體立刻連退好幾步，表情像是快要吐出來，鬼蠱龐大的身軀擋住離他最近的教室出口，他沒有被恐懼完全擊倒，儘管全身發抖，還是擠出聲音問：「你是什麼？你想做什麼？」他一邊說，一邊小心地往教室前門移動。

鬼蠱其中一張嘴發出刺耳的笑聲，另一張嘴則用高亢的聲音道：「你這種小角色不需要知道我是什麼東西。我聞過好幾次了，她身上有你的氣息，你覺得看她除鬼很有趣嗎？你是不是都躲在她的背後，看她和你看不見的東西戰鬥？我一直很好奇那到底是什麼樣的場面，可惜都只能透過魔氣去感覺……要不是因為那個可怕的女人，我早就可以吃光這個地方的所有人類。」但她卻逼得它不得不躲在地下，只能吃那些無趣的鬼魂，他們的汙穢程度甚至不足以讓它產生任何飽足感，但它知道一旦自己在地面現身，該死的協會派來的看門狗會立刻把它扯得粉身碎骨。

李偉誠沒有理會它的話語，翻過桌子往教室前門衝，鬼蠱身軀雖然龐大，移動的速度卻出乎意料地快，它出現在李偉誠前方擋住他的去路，他差點一頭撞進它噁心的身軀，及時剎車退開幾步。

「孩子，你想逃去哪裡？你一個普通人沒辦法鬥過我，你將成為我吃掉的第一個人類，然後我會繼續吃掉今晚所有遇見的人，直到她感受到學校的異狀，到時候我會讓她看看你可愛的臉龐，告訴她你死前叫得多麼悽慘可憐，等她心神不寧——啊！」鬼蠱怪叫著後退，胸膛貼著一張燃燒的符紙。

李偉誠趁隙退到窗戶邊。「我已經通知她了，她已經在來學校的路上，你傷不了學校其他人，她絕對不會讓你得逞。」

鬼蠱一手扯掉燃燒的符紙，每雙眼睛都因為憤怒變得血紅，它捏碎尚在燒灼它身上魔氣的符紙，不顧自己的手被燒得漆黑，頭頂的嘴咆哮道：「你以為阻止我吃其他人就有用嗎？我只要一個人類的肉身和魂魄的力量就足以擊敗那隻看門狗！她一個人阻擋不了我們被困在地底那麼久的怨氣！」

它吼完再次衝向李偉誠，李偉誠踉蹌後退一步，再次丟出一張符紙，那是一張縛魔令，只有繪製者寫下符文當下灌注的法力，沒有施術人的法力持續加持，那張符紙基本上只能為李偉誠爭取幾秒的時間。

鬼蠱看著自己身上的縛魔令哈哈大笑：「你又不是驅邪的，用這些只是浪費符紙罷了，這個用在普通惡鬼可能救得了你，可惜你今天遇到的是我。今天是我全新的開始，人類，你將替我見證。」

它以慢動作逼近李偉誠，魔氣搶先一步包圍他，把他困在窗台邊。

「不。」李偉誠冷冷道。「你什麼都不會得到，我要見證的只有你的死亡。」他語畢坐上窗戶，用力往後翻。

「不！」陳清羽叫出聲，和外面傳來的悲痛呼喊重疊。羅久逢拉住想往前衝的陳清羽，她按住自己的嘴不讓自己哭出聲，下一瞬間，他們兩人就出現在恆學樓一樓。一名穿著郁凌高中制服的少女到達李偉誠的屍體旁，看到他的魂魄離體茫然四顧的時候流下淚，跪在他的屍體旁邊含糊不清地道歉。

羅久逢盡量忽略自己隱隱作痛的內心，專注在那名神秘少女的身分上，回憶隨時都會結束，他記下她的面容、學號等，回溯結束就能查清楚她怎麼會成為看門人。

「妳養了一條忠心的狗呢，看門狗。」鬼蠱爬下樓，晃動它過多的肢體，顯然不打算放過李偉誠的屍體和新鮮的魂魄。

少女起身將李偉誠的魂魄擋在身後，冷冷道：「能苟且偷生到長這麼大的鬼蠱我還是第一次看到。」

「也是最後一次。」鬼蠱咆哮。

「你以為吃了那麼多冤魂怨鬼，就強到足以殺死一個看門人？」少女冷笑，憑空變出一把靈劍。「我們來看看到底是誰在說大話吧。」她語畢劃開空間把李偉誠的魂魄推進去，羅久逢和陳清羽同時感受到一股推力，摔出李偉誠的回憶。

羅久逢一個箭步到跪在地板的李偉誠前方，厲聲問道：「她叫什麼名字？」

李偉誠抬頭，眼神徬徨。

「你認識那個看門人，她叫什麼名字？」羅久逢重複一遍問題。

「……不該忘記她。」李偉誠喃喃。

「李偉誠，她叫什麼名字？」羅久逢漸漸失去耐性。

「簡緋琴。」李偉誠小心念出這三個字，彷彿它們是易碎品，稍有不慎就會損毀。

離開回溯陣法就腳軟的陳清羽起身爬到旁邊的椅子上坐好，把臉埋進雙掌一言不發，李偉誠飄到她前方。「清羽？」

她聽到李偉誠的聲音立刻抬起頭，神色痛苦：「我從來不知道……我很抱歉。」

「我的死亡不是任何人的錯，那是我的選擇，我選擇不讓那隻鬼蠱吃到生人，它本來可能殺死更多人。」

陳清羽苦笑道：「怎麼變成你在安慰我……」她輕拍臉頰強迫自己打起精神，轉向羅久逢注視他良久，久到他開始不自在才發問：「你還要做什麼嗎？」

羅久逢把簡緋琴的名字傳給協會，請人幫忙調查這名少女的下落，然後望向李偉誠：「你有過去三年的記憶嗎？」

李偉誠找回關於簡緋琴的記憶後，性情似乎溫和不少，難得好聲好氣地回答羅久逢的問題，畢竟是羅久逢的法術幫助他憶起曾經失落的片段。「我在清羽入學前後的時間幾乎化為惡鬼，大部分的事情都不記得，怎麼了？」

「我在想也許你見過許怡琳和郭佑希。」羅久逢緩緩道。「你可能成為簡緋琴的式鬼，和她在郁凌高中當看門人。」

李偉誠皺眉，試圖撈取記憶片段，最後搖搖頭。「除了你剛剛回溯的記憶，還有一些我高中上學的回憶，我其他事都沒有印象。」

「你怎麼認識簡緋琴的？」

李偉誠閉上眼，讓剛剛取回的記憶片段組合成正確的順序。「我高一的時候算是教官們眼中的頭痛人物，常常因為翹課打架抽菸被拎去教官室。我媽很早就改嫁，我爸常常喝醉，所以我通常會在學校混很晚才回家，避開我爸心情不爽的時間。高一下學期，有天晚上我躲在司令台後面抽菸，看到九班有名的怪人簡緋琴在操場邊緣鬼鬼祟祟，我好奇她在做什麼事，偷偷跟在她後方看她到底都在做什麼。剛開始我以為她瘋了，但我放學後也沒其他事可做，就繼續跟著她在學校裡到處跑，直到她在校內第一次遇到真正的惡鬼。」

羅久逢問：「她怎麼擊敗惡鬼？」

李偉誠搖頭：「我沒看完全部，她手上拿著和你用的符紙很像的東西，手才剛舉起來，然後就很驚訝地看向我——我後來才知道是因為惡鬼沒有攻擊她，而是衝向我。」李偉誠閉上眼片刻，因為回憶中的場景露出淺笑。「我醒來的時候，她已經解決惡鬼，蹲在我旁邊思考該拿我怎麼辦，她看到我睜開眼睛還嚇到跌坐在地。最後我們商量的結果是她讓我晚上跟她一起在學校跑，但我必須乖乖念書，而且不能到處說關於她的事。」

羅久逢揚眉。「你們討論的結論……真奇特。」

「她說她也不知道怎麼讓我忘記發生什麼事，只好讓我參與她的秘密，但我不能太引人注目，要先從教官的重點監視名單上除名，她不想要連教官都關心她。」

「她有教你如何使用法術嗎？」

李偉誠點頭。「她試過，好讓我保護自己，但我只是個沒有法力的普通人，她只能給我一些預先存好法力的符紙自保。」他苦笑起來：「如果我能用法術，也許現在還活著也不一定。」

陳清羽因為他的話瑟縮一下：「別說這種話，學長，聽起來像在責怪你自己。」

李偉誠嘆氣：「也不是說責怪自己……只是……我希望能幫上她的忙，雖然那時的我什麼都看不到，但我知道她一個人守護這間學校很辛苦。」

羅久逢問：「她有跟你說是誰教她法術嗎？」

「她說關於這方面，我知道愈少愈好，我猜她大概以為我很快就會對她做別人眼中裝神弄鬼的事情感到無聊，然後回去過自己的生活，畢竟我什麼都看不到。」

「那過去三年呢？你成為她的式鬼？」

李偉誠表情一片空白，呆滯許久才緩緩開口：「我不記得了，記憶就到你為我回溯的地方，過去三年……我遇到陳清羽以前……是因為差點成為惡鬼影響到我的記憶嗎？我不記得過去三年發生什麼事，否則我早就認出許怡琳和郭佑希了，但我對他們毫無印象。」

「我可以……？」羅久逢比了個手勢表示他想進一步檢視李偉誠的魂體，李偉誠平靜點頭。

羅久逢畫了兩張符紙貼在自己兩邊的太陽穴上，兩股法力灌入他的雙眼，短暫增強他的陰陽眼能力，能看到更多隱藏在現實世界下的真相。周遭的光線變得太過強烈，羅久逢不得不瞇起眼打量李偉誠，在他的額頭正中央找到一個禁制令，有人鎖住李偉誠一部分的記憶，避免他告訴別人過去三年發生了什麼事。

羅久逢記清禁制令的符文後立刻撕下太陽穴上的符紙，讓被強光刺痛的雙眼閉著休息，並向陳清羽和李偉誠解釋他看到的東西。

「你能替學長解開那道禁制令嗎？」陳清羽憂心地問。

「封閉鬼魂記憶的符文有很多種，你額頭上的符文顯示你是自願被封閉記憶。我不知道去年偽地獄的事件中你扮演了什麼角色，但你自願封上記憶一定有自己的道理，而且大概是簡緋琴替你封印的。以我探員的身分，自然希望你選擇解開禁制，我們直接看看去年看門人發生了什麼事，但現在我已經有她的名字，查出真相只是時間早晚，你不必解開禁制令。」

李偉誠無助望向陳清羽，陳清羽輕聲說：「學長，我不能替你做這個決定，你不是任何人的式鬼，你依然是你自己。」

社團教室內一片安靜，兩人一鬼靜靜站在原地，等待李偉誠做出決定。

羅久逢注視陳清羽蒼白的面孔，走過去蹲在她前方：「妳還好嗎？」

陳清羽垂眸凝視自己的手指。「以前我的世界只有活人和鬼魂，我並不會特別去想區隔兩者的是什麼東西。但剛剛看到學長死掉的瞬間，我才明白以前的我有多天真。也許我很早就明白這個道理，我並不想接觸死亡、每天與死亡為伍，才會拒絕你想帶我深入了解驅邪這一行的提議。」

「懼怕悽慘的死亡很正常，我看到那些怨魂如何死去的時候，也會替他們痛苦難過。」

「你怎麼撐過去？每天看著悲劇，你難道不會做惡夢嗎？你醒著的時候不會煎熬嗎？」

「我無法改變他們的死亡，但我可以為他們的來世做點事情，唸點經文、勸說或是直接阻止他們犯下殺孽……做自己力所能及的事，讓自己問心無愧就夠了。」他的眼角瞥向李偉誠。「妳陪伴在他身邊，阻止他成為惡鬼，妳已經做得很好。他四年前就死了……妳那時才……國小六年級，妳能做什麼？晚上跑到郁凌高中和看守人並肩作戰？那妳不僅有淨化體質，還是個看破天機的預言神童，早就被天打雷劈了。」

陳清羽因為他最後幾句話笑出來。「我連我國小六年級在做什麼都不記得了——學長？」她的眼角餘光一直在注意李偉誠的動靜，李偉誠一轉頭，她立刻迎向他的視線，羅久逢也跟著轉頭。

「解開禁制令吧。」李偉誠低聲道。「我想知道她怎麼了，若她的結局會讓我憤怒到化為惡鬼，請你阻止我。」

羅久逢開始改造地上回溯陣法，咬破食指指尖在陣眼繪上李偉誠額頭中央的禁制令符文，然後在陣眼周圍繪上相反的符文用以破除禁制。

李偉誠一看到羅久逢完成陣法立刻站到中央，當羅久逢望向站起身的陳清羽，她輕輕擺手拒絕，雙唇微顫：「我在外面等，你們再告訴我發生了什麼事。」

羅久逢凝視她失去血色的嘴唇，很想知道陳清羽有沒有聽進他剛才的勸導，她不可能扛起每一個死於非命的鬼魂的死亡，若她未來真的加入驅邪這一行，她必須先踏過內心這道坎。

他啟動陣法，法力注入陣眼周遭的符文，符文發亮，接著一筆一畫消融在空氣之中，回溯陣法開始運轉，將他拉入李偉誠的回憶。

羅久逢再次出現在夜晚的郁凌高中內，這一次校內的魔氣沒有李偉誠死亡那天那麼濃厚，但羅久逢猜測魔氣全都集中到偽地獄的附近。他站在操場邊緣，看著半惡鬼化的李偉誠震驚瞪著操場中央集中的魔氣像龍捲風一樣直衝天際，一扇厚重的鐵門從魔氣中央緩緩浮出地面，然後門裂開一條縫，把周遭所有魔氣吸入偽地獄之內。

李偉誠罵了聲髒話，匆匆飛向校門，焦急等待某個人出現，沒注意到另一邊的走廊出現一對高中生，正緩緩走向操場中央。

一名少女動作迅速翻過圍牆，從兩公尺高的磚牆一躍而下。「怎麼了？」她還沒站穩就抬頭問李偉誠。

這名少女不是簡緋琴。

羅久逢愣在原地，不論他怎麼看，這名正在和李偉誠對話的高中生的容貌和聲音都和上一段回憶裡來救李偉誠的簡緋琴完全不同。

唯一不變的是少女身上的郁凌高中制服，胸口上繡的學號代表她是去年的高三生。

羅久逢隱約觸碰到了真相，卻因為李偉誠開始移動被打斷思緒，他身為旁觀者會跟著記憶的主人行動。李偉誠和少女奔到操場邊緣，正好看到郭佑希一腳踏入偽地獄。

少女挫折地大喊一聲，丟出一張淨化符把通往偽地獄大門上的魔氣清除，和李偉誠一起衝到門邊。

少女咬破左手食指，在自己右手手臂畫了個複雜的固魂符文，並在手心畫了個吸魂符文，確保自己能夠抓到門另一端的魂魄。接著她深吸一口氣，右手穿過鐵門。

羅久逢本能想撇開頭，他不敢想像在有意識的情況下知道自己的肉體瞬間蒸發是什麼感覺，少女的表情告訴他絕對不要輕易嘗試。接著少女低喝一聲，右手從偽地獄拉出了郭佑希和許怡琳的兩魂，她左手劃開一道空間將兩人殘缺的魂魄丟入，免得四面八方湧來的魔氣將它們啃噬殆盡。

少女安撫完郭佑希和許怡琳後封上空間，轉向李偉誠：「他們兩個人生魂還在裡面，我必須去救那兩個生魂，地獄魔者和偽地獄也要處理掉。」

李偉誠指著少女焦黑的右手：「妳一個活人要怎麼進偽地獄？詹若月，我看得見裡面的魔氣量，妳一個人處理不了這個鬼空間。」

詹若月淡淡笑了笑：「我有你幫忙不是嗎？」

李偉誠從她的笑容看出決心，沉默下來。

「放心，我不會讓你成為惡鬼下地獄的。」

李偉誠怒道：「我不是在擔心這個！」

詹若月平靜道：「我擔心，所以這個偽地獄必須消失，否則你遲早會被吞進去，同化成惡鬼。」

李偉誠和她僵持片刻，最後道：「妳打算怎麼做？進偽地獄殺死那隻地獄魔者？」

詹若月搖頭，拿出一疊符紙，擠破左手食指的傷口開始畫淨化符。「當然不，裡面是它的地盤，人的肉體無法在裡面生存的定律無法打破，所以我要逼它出來對付我。」

李偉誠跟在詹若月後方，看著她在那扇大鐵門周遭下一個極大的淨化陣法，大到羅久逢懷疑她一個人有沒有辦法啟動。「我能做什麼？」李偉誠問。

「我需要你幫我牽制地獄魔者，一旦我開始淨化這裡的魔氣，可能無法分心束縛地獄魔者。我把淨化符放在那邊，如果你體內魔氣太多，我沒時間顧及你，自己去碰淨化符，我裡面已經灌好法力。」

「像平常一樣？」李偉誠確認。

「就像平常一樣，只是這次魔氣比較多。準備好了嗎？」

李偉誠站到詹若月身邊。

詹若月啟動淨化陣法，強大的法力衝向天空，一口氣淨化完陣法範圍內所有魔氣，李偉誠因為和詹若月簽訂類似式鬼但又不完整的契約，所以不受陣法影響。

詹若月的左手在空氣中畫了一個符文，羅久逢緊盯她的手指走向，看出那是個爆破符，能在空氣中直接繪出符文需要極大的法力，能夠短時間內消耗這麼大量的法力，不愧是地獄門的看門人，羅久逢認為就連協會內的五級驅邪探員都沒有這麼多法力。

詹若月把符文送向鐵門，被淨化陣法削弱的鐵門沒能擋住爆破符文，在符文爆炸的瞬間就支離破碎，大量魔氣自偽地獄之中湧出，馬上被陣法淨化，消失於空氣之中。

地獄魔者很快就沉不住氣，伴隨魔氣來到偽地獄的門邊，淨化陣法讓它猶豫片刻，但它小心探出手後沒有受到任何傷害，它彷彿戴著黑色面具的五官露出大大的笑容，咧嘴道：「我以為能動用這麼大陣法的驅邪師有多厲害，看來也不過如此。小姑娘，協會就派妳和一個小鬼來吸引我的注意？協會現在人都死光了嗎？看門人死去哪裡了？」

詹若月沒有回答，依舊保持一臉淡然，望著地獄魔者信心滿滿走出偽地獄的邊界，沒有任何舉動。

地獄魔者周遭的魔氣隨著它離偽地獄愈遠愈稀薄，地獄魔者嘗試用魔氣攻擊詹若月，但還沒靠近詹若月就被陣法淨化乾淨，地獄魔者只得繼續往前，直到它周身的魔氣通通褪去，露出它的原形，一個近似人形、但完全由線條組合而成的肢體，失去魔氣後變成沼澤般的墨綠色，四肢的線條中央穿插幾條鮮紅色的血管，連接到身體中央一團紅圈。

地獄魔者慢下腳步，終於不再用陣法外的魔氣探索四周，認真打量起眼前的人。「只有妳一個人？看門人才不會放著偽地獄——」

詹若月不等它說完，以迅雷不及掩耳的速度翻出兩把符紙摺成的小刀，插入地獄魔者的頸部和身體中央的紅圈。「我這不是來了嗎？」

李偉誠出現在地獄魔者背後，身上的魔氣化為利爪刺入地獄魔者的四肢和頭部，固定住它的位置，地獄魔者發出怒吼聲，企圖召喚魔氣幫助自己，但魔氣從偽地獄出來沒多遠就被陣法淨化，沒能靠近詹若月或李偉誠。

「妳不可能就這樣打敗我！」地獄魔者嘶吼。

「我也沒想到你會那麼蠢，看來你在底下待太久，腦子退化了。」詹若月回答。

它不該離偽地獄那麼遠，羅久逢心想。地獄魔者本身沒什麼攻擊力，魔氣是它的主要攻擊來源，沒了魔氣它什麼都不是。

地獄魔者四肢的紅線開始往軀體消退，墨綠色的線條則逐一爆開，讓它看起來愈來愈像小孩子畫出來的火柴人。地獄魔者掙扎的同時，詹若月和李偉誠也不好過，地獄魔者從偽地獄召喚出來的魔氣時不時有些漏網之魚穿過李偉誠，李偉誠為了不讓地獄魔者得到魔氣，只得將這些魔氣全部吸收；而詹若月要同時維持陣法運作和壓制地獄魔者，臉色因為耗費過多法力而蒼白。

「妳居然能直接淨化我……」地獄魔者臉上的面具也開始線條化，變成黑色線條拼湊而成的臉，簡易的雙眼和口部消失在混亂的線條中。

「你應該好好待在地獄。」詹若月加快了淨化的速度，地獄魔者身上的線條在爆裂的同時發出劈哩啪啦的聲響，中央像是心臟的紅圈因為瀕死的恐懼劇烈鼓動，企圖抵禦淨化的力量。

詹若月交給李偉誠的淨化符一張一張自動焚燒，化去李偉誠身上過多的魔氣，淨化陣法內形成一場拉鋸戰，是詹若月的法力先耗盡，還是地獄魔者先被淨化完，又或是李偉誠的淨化符先燒完成為惡鬼轉而攻擊詹若月。

地獄魔者將賭注押在李偉誠這邊，身上殘存的線條開始重新組合，爬上李偉誠的魂體，注入線條內的魔氣加速李偉誠惡鬼化的速度。

「詹若月……」李偉誠咬牙撐在原地，但眼角瞥向快要見底的淨化符，語氣透出掩蓋不住的焦慮。

詹若月沒有回應他，專注在淨化地獄魔者，地獄魔者四肢的紅線已經全部縮回軀幹，最後幾條墨綠線條也支撐不住爆裂開來，它的臉完全失去形狀，變成無意義的凌亂線條。

淨化符用完了。

李偉誠仍然緊抓住地獄魔者剩餘的軀體，喉嚨深處發出低沉的嘶吼抵擋入侵神智的魔氣，詹若月左手放開符紙摺成的刀，從口袋拿出一把真的小刀劃破焦黑的右手手腕，鮮血順著她的手指浸濕了右手抓著的符紙刀，驅邪師的血液往往富含法力，但使用過度容易讓自己陷入法力用罄又失血過多的困境，除非有把握消滅鬼怪，否則一般驅邪師會避免在和鬼怪鬥法的過程中用上自己的血液。

地獄魔者的墨綠線條全部爆開，紅圈急速縮小成掌心大小的紅球，詹若月用符刀將紅球刺在地上，淋上血液低誦驅邪經文，紅球在掙扎片刻後溶解到淨化陣法之中，接著詹若月伸出手，把李偉誠魂體內多餘的魔氣轉移到自己體內。

羅久逢看過這一幕。

陳清羽用過一模一樣的姿勢伸出手，淨化李偉誠被攻擊後吸收的魔氣。

變回半惡鬼的李偉誠飄到半跪在地的詹若月旁邊，一人一鬼望向門戶洞開的偽地獄。「那個空間該怎麼辦？」李偉誠問。

詹若月沒有停止淨化陣法，按著膝蓋悶哼一聲，撐起身站直。「先把那兩個人的生魂帶出來——」

她因為偽地獄門口的景象停止說話。

偽地獄門口出現一截墨綠色的線條組成的蜥尾狀物體，裡面有劇烈蠕動的紅線，那截斷尾在地板滾動幾圈後，四周的魔氣一擁而上，一隻地獄魔者重新自那截斷尾重新組合而成，甩動著自己的蜥尾竊笑道：「妳當真以為我沒有任何防備？我只要殘留下一點點本體，加上魔氣就能無限重生，妳沒辦法消滅地獄的，看門人，妳可以過來再淨化我一次看看啊！來啊！」

詹若月的臉色微變，沒有意料到地獄魔者會那麼難纏，她沾了右腕傷口尚在流淌的血，在符紙畫下封印符，甩向偽地獄，短暫封印住那扇門，終止魔氣流瀉，封印後方隱約傳來地獄魔者嘲弄的笑聲，魔氣狠狠撞在封印上，不用多久就能撕開那個簡陋的封印。

詹若月解開制服下擺的釦子，用鮮血在自己的腹部畫上聚魔符，李偉誠沒有看過這個符文，不安問：「妳要做什麼？」

詹若月抬頭緊盯快要被撕裂的封印符，平靜回答：「我得進去偽地獄。」

李偉誠猛然閃到她前方：「妳瘋了嗎？妳剛才只有右手進去就變成那個樣子，妳整個人要怎麼進去？那兩個學生只是走進去不過幾秒就死到連魂魄都不完整了，妳還想進去裡面救他們的生魂？」

詹若月低聲道：「偽地獄等於學校裡的地獄門縫隙，有地獄魔者在裡面坐鎮，我沒辦法從外面破壞這個空間，我想經過剛剛那一齣，地獄魔者不會再踏出偽地獄。這是我的責任，我得進去封上這條裂縫。」

李偉誠魂體內的魔氣激動亂竄：「這不是妳的責任！妳只是來這所高中念書，又剛好看得見鬼魂而已！妳還有家人朋友，妳沒有必要這麼做。」

詹若月的眼神越過李偉誠，落在偽地獄的門口：「有很多事情我沒有告訴你，因為我自己也記得不是很清楚，但剛剛淨化地獄魔者時，我想起了很多東西，我不知道該怎麼說，但破壞偽地獄確實是我的責任。不必擔心，這個身體不是我真正的肉體，所以我踏進偽地獄不會怎樣，不過我從裡面封上偽地獄後需要一段時間才能重塑一個新的肉體，到時我會再回到郁凌高中。」她伸出手指點在李偉誠的額間，解除她和半惡鬼之間的連結，淨化陣法開始作用在李偉誠身上，化去魂體內的魔氣。

「我……我不懂。」李偉誠在掙扎無果後，頹然立在原地，用眼神控訴不給他選擇權的詹若月。

詹若月在他額間繪上另一道符文。「我下學期會以高一生的身分回來，你得淨化完全才有機會撐到那個時候。你不能告訴我我是誰，但你可以用同樣的方式再陪伴我三年，陪我度過這個永無止境的輪迴。或是讓我現在超渡你，放你自由，你就能擁有新的人生，不必被鎖在這間學校裡。」

李偉誠在符文的引導下似乎憶起了什麼，定定看了詹若月片刻後道：「封上我的記憶。」

詹若月表情平靜地完成方才畫到一半的符文，在她勾勒出最後一筆畫之前，李偉誠悄聲說：「我會去找妳。」

詹若月點頭，完成鎖憶符的最後一畫，將快被淨化完的李偉誠推往陣法邊界，偽地獄的封印被魔氣破壞，詹若月的神色變得冷漠，維持淨化陣法運作，接著飛身躍入偽地獄中，在穿過偽地獄和人間界線的瞬間，她的肉體被燒得焦黑，消散在偽地獄之中，她真正的魂體散發出刺目的光芒，三年來持續淨化學校內魔氣的功德多數都隱藏在她的皮囊之下，金光逼退仍在門邊的地獄魔者，它怪叫一聲用魔氣裹住自己急速後退。

詹若月啟動先前用鮮血刻入自己魂體的聚魔符。

整所學校中的空氣開始鳴動，所有外洩的魔氣通通湧向偽地獄，就連偽地獄周遭仍在運轉的淨化陣法都無法清除那些疾馳而過的魔氣，偽地獄被蜂擁而入的魔氣塞滿，直到李偉誠只能從黑霧中隱約的光芒知道詹若月還沒倒下。

偽地獄門口的魔氣忽然被法力劈出一條路，一陣風將方才被困在偽地獄的兩個生魂送到淨化陣法上，消除在剛剛那段時間蠶食進入他們魂體內的魔氣。

足量的魔氣讓偽地獄重塑被詹若月炸毀的大門，校內所有魔氣在鐵門成型關上的最後一秒通通衝入偽地獄。

一道金光自鐵門下方直衝天際，淨化陣法開始變形縮小，將李偉誠和兩個生魂推出陣法之外，陣法中央則開啟了一條通道，坐落其中的鐵門和偽地獄逐漸下沉，直到門框也消失不見後，失去法力來源的陣法和金光直接消失在空氣之中，周遭變回普通的夜晚操場，再次響起初夏的蟲鳴。

李偉誠茫然站在操場邊，額頭上的鎖憶符成型後沉入他的魂體內，他看了兩個生魂一眼，但因為什麼都不記得而選擇遠離他們，慢慢飄往恆學樓，嘗試回憶自己是怎麼死的。

羅久逢停下回溯，回頭尋找陳清羽的身影，但社團教室只剩下他一個活人，本來坐在後方椅子上的陳清羽已經失去蹤影，其他鬼魂也因為他們要施展法術，為了避免干擾而到附近教室等待，無從問起陳清羽去哪裡。

「她平常會去哪裡？」羅久逢回首問李偉誠，不祥的預感逐漸強烈起來，陳清羽絕對不只是離開社團教室那麼簡單，也許早在上一次回溯陣法結束後的不適和拒絕再看李偉誠的下一段記憶，都是她為了獨自行動的藉口。

李偉誠痛苦地摀住臉，含糊道：「我不知道，她總是在校內巡邏，每天晚上都是差不多的路線，沒有偏好哪個地方，沒事就待在社團教室，不論是簡緋琴、詹若月、還是陳清羽……她們的行為模式全都一樣……她當看門人多久了？」

「五十年。」

五十年前，一名具有淨化能力的少女被選為看門人，她用了某種祕法將魂魄分離，塑造出暫時性的肉體來容納三魂七魄。羅久逢猜測她真正的肉體可能鎮守在地獄門附近，真正的淨化體質威力遠大於陳清羽這個暫時性容器所表現出的效力。

而看門人的記憶會隨著時間過去逐漸復甦，到了高三下學期，她會憶起自己真正的身分，回報協會地獄門的狀況安好，然後三魂七魄帶著三年來累積的功德回到自己真正的肉身上，加強郁凌高中地獄門的封印。

她的人生五十年前就停滯不前，陷入三年就重來一次的循環。每一回，她都帶著陰陽眼和淨化體質，承擔普通人投來的異樣眼光，獨自面對郁凌高中的魔氣造就的妖物，最後孤獨死去，重新輪迴。

簡緋琴沒能回報協會，可能是她獨自處理掉鬼蠱後，因為傷勢過重不得不提早重新封印地獄門。

詹若月沒能回報協會，則是因為她在破壞偽地獄的同時也失去了自己的暫時性肉身，她只能讓魂魄回歸，再次放棄和協會聯絡的機會。

而陳清羽是看門人這一次的轉生。

前兩次輪迴就能看出地獄門的封印出了問題。這一回，在陳清羽高一的時候就出現食懼妖這種妖物，代表地獄門的封印已經沒有先前牢固，同樣的門鎖用了五十年也會生鏽，看門人用來封印地獄門的方法正在逐漸失效。

「我不該讓她代替許怡琳回溯記憶，也不該讓她進你的回憶。」羅久逢低喃。

李偉誠恐懼道：「什麼意思？」他曾想過就這樣陪伴陳清羽度過高中生活，但不是像先前簡緋琴和詹若月一樣的輪迴：她悽慘死去，而他忘卻一切重新再來。

「她以往的輪迴是透過校園內逐漸變多的魔氣，妖物需要更多技巧和法力淨化或驅除來逐步解開過去的記憶，但這次我直接帶領她參與和她有關的記憶，我想在她看完你死亡那天的回憶後，她就想起自己的身分了。」

「有關係嗎？她不是每三年才要輪迴一次？」

羅久逢搖頭：「不，這也許正是她要的。」

看門人應該比誰都清楚封印出了問題，也許第一次沒有回報協會時，她期待協會會派人來支援或至少查看郁凌高中的地獄門，但協會的人只看到剛封印完整的地獄門，沒看出封印底下已經殘缺不全。

因此第二次未能回報協會時，她可能在某處留下了足夠的魔氣，多到足以產生成重生為高一、無記憶、無經驗的她不會及時收拾掉的妖物，逼協會派人來郁凌高中。

至於看門人到底想從協會這邊尋求什麼，羅久逢目前還猜不出來，若只是單純請求協助，她有很多提醒協會的方式，不必用如此迂迴的手段暗示郁凌高中的封印有問題。

「她提早想起來會發生什麼事？」李偉誠的魔氣幾乎逼到羅久逢身上，若非理智尚在，李偉誠大概已經用魔氣掐著他的脖子搖晃逼問了。

「她要去地獄門。」羅久逢猛然抬頭，在空氣中畫道符文把魔氣連同李偉誠推到一邊，衝出社團教室直奔恆學樓。

恆學樓被籠罩在魔氣之中，某處隱約傳出啜泣和哀鳴，傍晚該有的夕陽被烏雲遮蓋，一聲悶雷響起，夜雨將至。

第六章　地獄門

魔氣正在向恆學樓聚集。

羅久逢狂奔向恆學樓時注意到這個跡象，魔氣移動的速度緩慢，但不至於看不出方向，他像奮力撥開迷霧、撲向光明的飛蟲，衝向部分教室仍亮著燈的教學樓，一個人影在接近恆學樓的中庭邊緣攔住他。

「你要去哪裡？恆學樓怎麼了嗎？」昨天見識過羅久逢使用法術的黃守鷹面露擔憂，能讓驅邪探員著急絕對不是什麼好事。

「黃教官，麻煩您立刻疏散恆學樓的學生，通知其他教官別讓其他人靠近恆學樓。」羅久逢清點書包內的法器，接著畫了一張符暫時加強右邊的陰陽眼，閉起左眼找尋任何陳清羽可能殘留的法術痕跡以及魔氣被引導前往的方向。

他昨天在恆學樓頂樓留下的淨化陣法仍在運作，但和李偉誠的回憶裡，詹若月佈在偽地獄周遭的陣法級別相差甚遠，只能淨化部分源源不絕湧入的魔氣，無法徹底被清除的剩餘魔氣持續行進，順著看不見的箭頭流入恆學樓的地底。

羅久逢拉住打完電話要去幫忙疏散恆學樓的黃守鷹，問：「恆學樓有地下室嗎？」

「有，學校用來堆放雜物，大部分是蓋新大樓後替換掉的課桌椅，不確定以後會不會用到，所以先留著。地下室怎麼了？」

「請您帶我過去。」羅久逢取下右側太陽穴上的符紙，眼角餘光看到李偉誠出現在中庭中央，因為黃守鷹而不能太過靠近，經過黃守鷹的魔氣持續被點燃，教官在這片濃霧中彷彿永垂不朽的煉獄火焰。

黃守鷹領羅久逢繞到恆學樓後方，跑下一層樓梯，然後瞠目結舌看著被破壞的門鎖，羅久逢將他拉到自己身後，迅速在他額頭上貼了一張符紙：「回去疏散恆學樓裡的學生，確保他們每個人都走出學校，然後和其他值班的教官警衛待在一起，只有你能保護他們。在我去找你們之前，別讓任何人再靠近恆學樓。」羅久逢將教官的身體旋轉半圈換個方向，輕拍一下他的背：「去吧。」

黃守鷹在符咒的作用下，乖乖順著樓梯離開地下室。羅久逢踢開半掩的門板，堆到天花板高度的課桌椅整齊排在地下室內，他打量一下四周，接著撕下貼在門板後的幻象符，課桌椅瞬間消失，露出地下真正的樣貌。

陳清羽站在地下室中央，腳下踩著一個極為繁複的陣法，羅久逢只能看懂一部分和魂魄修復及肢體保存有關，還有一小部分關於記憶的存放，再加上大部分他沒見過的符文，形成一個黑色、幾乎覆蓋整間地下室的陣法。

地下室的另一端有一扇雙開式鐵門，魔氣連同絕望、悲鳴、惡臭源源不絕從門縫流瀉而出，但這些都不是羅久逢差點吐出來的原因。

地獄門中央鑲嵌了一個人。

那個人已經幾乎稱不上人，她的前半身突出在地獄門的門板接合處，後半身則在地獄門後羅久逢看不見的地方，但她的四肢和破爛便服之下的軀體都已經變得焦黑，羅久逢只能從身體的線條勉強看出那個人形曾經是個少女，如今她只剩嘴唇周遭能看到一點皮膚的顏色，唇色呈現怪異的紫色。

「陳清羽。」羅久逢呼喚她，同時李偉誠越過他，來到陳清羽旁邊。「妳知道多久了？」她轉過身看著他們。「昨天晚上就想起一些，到今天回溯李偉誠記憶才完全想起來，我就是你在找的看門人，抱歉沒有早點告訴你。」

羅久逢舉起手機。「協會那邊查不到簡緋琴的畢業資訊，我想應該也不會有詹若月的，如果我沒有出現，兩年後所有人都會忘記曾經有陳清羽這個學生，對吧？」

陳清羽微微歪頭。「有鑑於這扇地獄門的特殊性，協會不得不採用特殊的封印方式，也採用了特殊的看守方式。」

「所以五十年前這扇地獄門誕生的時候，妳在協會？」羅久逢的手按在書包上，直視陳清羽的臉，試著分辨她眼中的情緒。

「我不但在協會，還親眼目睹了這扇地獄門的誕生。」陳清羽回頭望了門上的人形一眼。「我的父母太狂妄，自以為能操控一扇地獄門，製造了無數惡鬼，用我不知道的方法召喚出了一扇地獄門，他們發現地獄門超出他們控制範圍時已經來不及，地獄出來的怪物把他們活生生拖進門裡。協會的人趕過來以後聯手暫時封上了門，然後告訴我一個封印地獄門的特殊方法，只能由我這種淨化體質的人勝任，而這也是為我父母的業障贖罪的唯一方法，就是成為這扇門的封印，同時成為它的看門人。」

「清羽……」李偉誠伸手想碰觸她，被她一道符文輕推到陣法外。

「別那個表情，我是自願的，協會並沒有欺騙我，他們甚至向我保證等他們找到關閉人工地獄門的方法時，會主動聯絡我。但我父母犯下的罪……就算我在這裡鎮守一百年、兩百年都不足以彌補他們的過錯，那時有太多怪物逃出地獄，可能到現在都還沒被消滅，躲在暗處殺了很多人。」

羅久逢說：「妳恨協會嗎？協會承諾妳不必一直守門，但當妳需要幫助的時候，協會卻對妳視而不見，妳兩次沒有回報，協會沒有任何作為，所以妳決定自己做出改變？妳認為協會根本沒有在尋找拯救妳的辦法？」

陳清羽搖頭。「我不是說了嗎？我在這裡守上一兩百年都沒關係，我可以在郁凌高中無限輪迴，淨化魔氣換取功德，在日常高中生活得到陽氣，魂魄再帶著這些功德和陽氣回到我真正的肉體上強化封印。但問題是我的身體。」

羅久逢不自覺看了那個焦黑的人體一眼，無法將它和眼前的少女連結在一起。

「很難看、很噁心對吧？那代表我被地獄同化的痕跡。」陳清羽一直平靜無波的臉龐上終於浮現痛苦之色：「我一直站在人類和地獄之間，直到我也成為地獄。」

羅久逢逼迫自己直視地獄門上的人體封印，在腦海裡計算各種可能性：「不能再等一次輪迴嗎？再給我兩年，我會找出消滅地獄門的方法……」

「你想用兩年的時間，做到協會五十年來做不到的事情？別傻了，我已經沒有時間了。」陳清羽解開制服的釦子，敞開衣裳露出失去食懼妖蹤跡的腹部。「食懼妖已經走了，不是因為我淨化掉它，而是它透過我回到地獄，我才是地獄門封印真正的裂口。早在五十年前，協會就告訴過我一個徹底破壞地獄門的方法，以我淨化體質的肉體從地獄內徹底封上這條通道；如果不想死，就只能用三魂七魄進行小輪迴，暫時封印這扇地獄門，直到協會找到另一個不需要我犧牲生命的消滅方式。當時的我太膽小，沒有勇氣面對死亡，才讓這扇門留存到現在，甚至害人賠上生命。」她的視線落到李偉誠身上。

李偉誠激動道：「那不是妳的錯！是我自己要跟著妳到處跑，高三才會被鬼蠱盯上！」

「在我看到你的回憶以前，我一直以為你被鬼蠱推下樓。」陳清羽別開臉。「就算是鬼蠱造成的結果，你的死亡仍然是我必須背負的罪孽，許怡琳和郭佑希的死亡也是，就算進入輪迴第三年末，校內也不該出現足以害死學生的妖魔鬼怪。這些怪物的出現，證明我正在失去效用。」

「妳一定想出了什麼辦法，才會在這一次利用協會讓妳能夠提早想起一切進入輪迴，妳不會就這麼輕易放棄，對吧？」羅久逢絕望地問，雖然他常說為平民付出是驅邪探員的份內工作，他依然不喜歡這樣的結局。

陳清羽露出一絲惆悵的笑意。「或許吧。但我值得被拯救嗎？當年我並非沒發現父母的異狀，卻無視那些徵兆，我被放上地獄門的封印刑場也許只是罪有應得……我留下足夠的魔氣讓協會注意到郁凌高中，提早結束這次輪迴，是為了讓協會派一個探員確認地獄門確實消失，如果我沒能成功消滅地獄門，探員能回報協會，再派一名看門人過來。我無法預知協會會派什麼個性、擁有什麼人生經歷的探員過來，那名探員在知道我的故事後，是否依然願意……救我。」

李偉誠焦慮地在陣法邊緣徘徊，伴隨陳清羽的話告一段落，將眼神落到羅久逢身上，他憶起這些年的經歷後，曾慶幸自己能以半惡鬼的身分陪伴她度過孤獨的歲月，甚至在她尚未想起多數法術怎麼使用的時候保護她。然而現在他又一次感受到生前跟在簡緋琴後方的無力感，只是這一次情況相反，身為死人的他沒辦法幫上任何忙，連找人幫助她都做不到，因為他只是個普通人看不見的鬼魂。

「罪孽從不代代相傳，妳不必為妳父母的罪付出代價。協會有義務為看門人提供任何方面的協助，因為看守地獄門遠比其他任何工作都還要重要。」

陳清羽定定凝視他片刻，露出淺淡而悲傷的微笑，用法術將她在絕境中唯一想出的辦法傳到羅久逢腦中，把李偉誠的魂體推到羅久逢旁邊，接著俯身碰觸陣法中央凹槽內的尖刺，她的食指被刺出一個深深的傷口，鮮血滴落到凹槽之中，迅速被陣法吸收。

地板上的陣法線條綻放光芒。

陳清羽舉起仍在滲血的食指，從額頭中央往下畫出一道延伸到腹部的紅線，然後在雙頰和頸部補上剩餘的符文，羅久逢看懂那部分的符文，她要讓自己的三魂七魄回歸真正的肉體，那個已經被魔氣侵蝕到殘破不堪的身軀。

「陳清羽！」李偉誠想衝進陣法，被羅久逢用縛魔令綁在原地。「放開我，驅邪探員！」李偉誠咆哮，魔氣在魂體附近狂暴不安地甩動。「陳清羽，妳不必一個人面對這些事，我答應過妳的事情不會因為妳輪迴過就改變，我可以和妳去任何地方，就算是地獄也一樣！」

陳清羽的肉體在陣法的光芒照射下逐漸消逝，露出隱藏在皮囊下的魂體，一名身著道袍的陌生少女立在陣法中央，給李偉誠一個發自內心的笑容，然後輕輕搖頭。

「別傻了。」羅久逢低吼，加強法力束縛李偉誠。「你是之後拯救她的關鍵，你現在和她一起下地獄，我靠什麼找她的三魂七魄？」

李偉誠聽懂了他們的打算，停下掙扎的動作，愣愣望著陣法中央的魂體：「萬一失敗了呢？妳不就要永遠一個人在地獄？」

「這是我甘願冒的風險。」少女開口，聲音有些飄渺，彷彿整個魂體隨時都會消散在光芒之中。「五十年前，我就該這麼做了。」

少女在周遭的陣法增添幾道新的符文，改變原本只是用來進行小輪迴的陣法。少女的魂體緩緩浮起，逐漸飄向地獄門上那個焦黑的人體，陣法中心開始出現少女曾經輪迴的樣貌，以及那些樣貌如何啟動輪迴陣法，臉上畫滿符文的陳清羽一閃而過，接著是把偽地獄強制轉移到地下室進行輪迴、只剩下部分魂體的詹若月，然後身受重傷、拖著染成全紅的制服爬到陣法內的簡緋琴，再往前幾任的輪迴羅久逢叫不出她們的名字，只看到十幾名穿著校服的少女依序出現在陣法中央，再靜靜消失。最後剩下那名道袍少女，在第一次捨棄自己肉身的瞬間跪倒在陣法中央，陣法外傳來幾個念誦咒文的聲音，把少女的肉體推向地獄門，和門上那個勉強看出人形的門鎖重疊。

地上的陣法線條脫離地面，隨著光芒向中央集中，纏繞上看門人的魂體，她最後一次望向羅久逢和李偉誠，低聲道：「我們地獄見。」

符文線條和光芒猛然抽緊，抓著她的三魂七魄撞向散發魔氣的地獄門，和門上的人體合而為一，地獄門的邊緣發出刺耳的碎裂聲，門後隱約傳來等待封印失效五十年的萬鬼哭嚎，地獄門開始向內摺疊，門中央看門人的肢體也開始扭曲，發出令人戰慄的骨頭碎裂聲，看門人一聲不吭，看不出原形的肉體帶著畸形的門沉入後方的牆壁，校園內殘餘的魔氣自四面八方湧進地下室，像走過奈何橋的亡魂般依序穿過看門人，回歸門後的地獄。

看門人的身體率先被拉入門後，門縫透出一絲金光，她的肉體正在消失，用自己的生命填補地獄的縫隙。

地獄門消失了。

長久以來蟄伏在郁凌高中的壓迫感，連同那些不間斷的悲傷囈語和不時顯現的魔氣一掃而空，羅久逢眼前的地下室只剩下看門人最後幾次不順利的轉生所留下的血漬，除此之外沒有任何她曾經存在於這個世界的證明，除了協會少數人，沒有人知道曾經有個少女在郁凌高中鎮守一道用她的生命封上的地獄門。

儘管擁有法力、施展一般人無法使用之術式的驅邪師們本來就有義務保護普通人，但羅久逢凝視著地板的血跡時，發現自己忽然間開始厭惡這樣的說法。

第七章　會議

「經過其他探員後勘後，確認郁凌高中的地獄門確實已經消失，後續監控一年以後就能收回人手，以上是這一次地獄門檢查任務的總結。」秘書唸完羅久逢的書面報告最後一段落後，放下紙本將發言權交給會議席上的理事長們。

羅久逢獨自坐在會議廳的一端，大廳另一邊則坐著三位守門人協會亞洲分會的理事長。羅久逢從其他兩名特地從別的國家趕過來的理事長的存在，意識到郁凌高中的地獄門遠比他原本預期的還要重要許多，重要到他不能只通過祖母這關就繼續他先前的計畫。

三位理事長中，今年六十一歲的祖母是資歷最淺的驅邪探員，坐在羅久逢的視線右方。會議席的中央則是亞洲分會目前的理事會代表，關於董恆達的傳奇事蹟有很多，其中之一是他單槍匹馬擋住一個新成形的地獄門所有衝出來的妖物，時間長達四個小時，直到協會的支援趕到，和其他探員合力封上那道地獄門。

坐在董恆達另一邊的是善明法師，已過八十的他是亞洲分會最德高望重的驅邪探員，曾經一人超渡深山百人小村內被屠殺的所有怨靈，經常孤身一人巡查亞洲偏遠地區，為沒有管道求助守門人協會的人們擊退鬼怪。

「羅久逢，你才十六歲就通過了協會的三級鑑定，現在年輕人真的不容小覷，玉茗理事長，你們羅家真的是人才輩出，妳有一位相當優秀的孫子。」董恆達先語氣溫和地讚揚羅久逢幾句，但眼神明顯說明他的好話已經說盡。

鍾玉茗懶得和他客套：「董理事，您對久逢的任務報告內容有什麼問題直說就好，不必拐彎抹角浪費大家時間。」

董恆達的眼神冷下來：「問題不是這孩子的任務內容，而是他之後想做什麼。」他的視線轉向羅久逢：「那名看守人怎麼告訴你她的故事？說她對父母要做的事毫不知情，或是協會利用她封印那扇地獄門，逼她使用祕法進行小輪迴反覆加強封印？她還請求你去救她對吧？你甚至將她騙來的式鬼帶出郁凌高中，而不是超渡他、讓他早日投胎轉世。」董恆達眼神犀利地掃過羅久逢旁邊的隱藏空間，那裡正是李偉誠目前的所在地。「根據你報告最後的描述，看門人本身已經被同化為地獄的一部分，她的輪迴肉身甚至成為地獄的裂縫，那麼她的思緒有很高的機率已經和惡鬼沒什麼兩樣，不論她和你說了什麼，都只是想騙你助她逃出地獄。孩子，別輕易聽信惡鬼的花言巧語，他們為了活下來，什麼都說得出來。」

羅久逢認真注視董恆達蒼老的臉，在他的語句中找到不經意流露的憎恨。「我認為您對郁凌高中地獄門看門人的評價有些偏頗，五十年前那場戰役，您也參與其中嗎？」

鍾玉茗輕哼一聲。「這個地區七十歲以上的驅邪探員幾乎都參與了郁凌地獄門之戰，這場戰役是那個年代死傷最慘烈的大戰，現場折損一半以上的探員才將情況控制住。當時很多人都失去了重要的家人，我的父親、我阿姨和姨丈，阿姨那時甚至已有兩個月身孕。還有董理事，你失去了心愛的妻子，我想這是你不能原諒那個看門人的主因吧？」

「這和我在那場對戰中失去誰無關。陳氏夫妻自小培育他們天資聰穎的獨生女，那時人人都知道他們有一個擁有淨化體質、天賦驚人的孩子，那個孩子在十三歲開始處理協會分配的任務時也展現出了相符的實力。要說這樣一個聰明的小孩對父母意圖召喚一扇地獄門毫不知情，完全沒有警告協會，實在說不過去。」

羅久逢只聽到另一個重點：「召喚出地獄門的夫妻姓陳？他們的孩子叫陳清羽嗎？」

董恆達因為羅久逢的問題面露不悅：「是的，但我看不出那個孩子的名字有什麼重要性。」

羅久逢恭順垂下頭，讓董恆達能繼續下一個話題。

詹若月早就知道下一次輪迴將是自己最後一個輪迴，所以她選擇了自己真正的名字，以自己的真名面對死亡和地獄。

「你責怪一個孩子沒發現父母的異狀，那協會其他人呢？法力比那孩子高強的探員多的是，當時的理事長都沒察覺他們走上邪路，你期盼一個高中生相信她一向為人正派的父母正在謀劃創造出一扇地獄門？」鍾玉茗微微提高音量，羅久逢從她些微蹙起的眉頭看出祖母難得動怒了。

「你們會為她說話，是因為你們沒看過活生生的地獄。五十年前，我是前幾個趕到郁凌地獄門的探員，那片空地全是我們能想到的妖魔鬼怪，在第二批探員來到現場時，第一批探員只剩我倖存。我親眼看到那些怪物繞過就在地獄門旁邊的陳清羽，攻擊其他探員，就算她的父母為她設置保護結界，她也不可能在沒有幫助的情況下一個人支撐那麼久，那時我就極力主張那個女孩一定和地獄門的生成有關係，但大家都被她的表演蒙蔽，同意再給她一次贖罪的機會。」

鍾玉茗回他一句：「我看你才是被仇恨蒙蔽雙眼的人。」

從會議開始至今一直閉目養神的善明法師緩緩睜開眼，旁邊兩位算是晚輩的人立刻閉上嘴，聆聽法師說話。「久逢，你和她的轉生相處了一段時間，對她的印象是什麼？」善明法師第一句話是對羅久逢提問。

「她是個開朗的女孩，不害怕挑戰，願意接受所有新奇的事物。」

善明法師轉動手上的菩提佛珠，緩緩道：「五十年前，我有幸帶領那個天賦極高的孩子去調查一個港口村落的海鬼邪神傳說。她給了我同樣的印象，當時的我認為再過個十年，她必定會成為一名優秀的驅邪探員，但不是因為她的能力出眾，而是因為她對待萬物的方式。」善明法師沉默了片刻。「然而我們第二次見面，就是在郁凌的地獄門前方，活下來的探員們圍繞住她，她跪在所有人面前，懇求大家給她為父母贖罪的機會。」

羅久逢為善明法師描述的場面感到窒息。陳清羽的父母在一夜之間成了她不認識的惡人，而平時對她讚譽有加的長輩們眼中只殘存憤怒和憎惡，甚至連她都無法原諒未能提早阻止父母的自己。

早在她的父母計畫召喚出地獄門的那一天，陳清羽就注定被架上地獄門成為封印。

「但我認為該給那個孩子一次機會，因此在眾人一致同意用她的淨化肉身徹底封印地獄門之前，提出了小輪迴之法，希望能為她爭取更多時間。」善明法師繼續說。

「大師，若當初直接用她封印地獄門，這幾年就不會有三個無辜的高中生死在郁凌高中內了。」或許是被善明法師平和的語氣影響，董恆達的情緒比方才平靜許多，但還是帶著顯而易見的不滿。

「在她進行小輪迴的前三十年，每一次我都有親自去郁凌高中確認她的狀況。但這二十年我太大意，加上其他地區新生成的地獄門……董施主，你能把這三條人命當成我和那個孩子共同的業障，年輕的我太過狂妄且自私，才會想把一般人多餘的陽氣用來封印地獄門，卻忽略可能對那些人造成的危害，但請別把過錯全放在付諸行動的人身上。」

「每個人生前做錯什麼，死後在陰間一併算清，各人造業各人擔。我要說的重點不是那個看門人的罪有沒有他人一同承擔，而是她並非無辜，她封印地獄門後下地獄是罪有應得，你為什麼要執著於拯救一個靈魂離開她該在的地方？」董恆達最後一句話在問羅久逢，羅久逢沒有回答他，而是看向善明法師。

善明法師不想再和董恆達辯駁，閉上眼重新轉起持珠。

「您剛剛說每個人生前做錯什麼，死後由陰間一併算清。若是我固執地想救一個罪人離開地獄，也是我自己要承擔的罪孽。」羅久逢表明立場，不想再和董恆達糾纏，他們誰也無法說服誰，大家都堅信自己看到的才是陳清羽的真實面貌，董恆達相信陳清羽已經在她該去的地方，而羅久逢不願放任她獨自在地獄受苦。

董恆達身為長輩的矜持讓他沒有當場沉下臉痛罵羅久逢有多愚蠢，而是轉向他的祖母：「妳養了個好孫子，鍾玉茗。」

鍾玉茗點頭：「謝謝你的讚美，董理事，不過主要是我兒子和媳婦教得好。」

董恆達的暗示被輕巧帶過後，翻了一下前方桌上的報告書，忽然道：「那個叫李偉誠的學生呢？我知道你帶著他，我有幾句話要問他。」

羅久逢思考一下董恆達在他放出李偉誠的瞬間就超渡他的可能性，認為一個分會的理事長不至於做出這種傳出去有損顏面的行為，便從隱藏空間召出李偉誠。

半惡鬼化的李偉誠本能感覺到前方三人豐沛的法力，微微拱起身軀擺出防禦的姿勢，不安地瞥向羅久逢。羅久逢給他一個安撫的眼神，示意他專心聽董恆達說話。

「我很遺憾你所遭遇的事情，年輕人。」對董恆達來說，李偉誠只是個受害者，所以態度十分友善，眉角甚至帶上一絲憐憫，為一名少年未能長大就死於不該遇到的妖怪而難過。

李偉誠小聲道：「人難免一死，也許我本來就注定死在那一天。」

董恆達神色莫測地注視李偉誠片刻：「你難道沒有想過，看門人只是在利用你救她嗎？」

「我是個半惡鬼，而且經常在化為惡鬼的邊緣打轉，有時我的思緒只會剩下各種黑暗負面的想法，在我記得一切的時候，也曾經恨過因為遇到她，而失去我的後半生。」李偉誠坦承。「但如果你親眼見過她最後三次如何封印地獄門，就會明白她早就準備好為這扇門犧牲生命，我只是她溺斃前正好漂過的一塊浮木罷了。更何況，協會的職責不是要幫助看門人嗎？還是這個幫助只有活人才配得到，死人沒有權利？不過在她活著的時候，我也沒看到任何來自協會的幫助。」

「你對她可真是忠心耿耿。」董恆達的語氣有些鄙夷。

「還不是因為有些人承諾找出別的封印地獄門的方法，然後棄置她五十年。」李偉誠不甘示弱地反擊。「你們才應該感到羞恥。」

若非釋放出李偉誠的那一刻就開始準備，羅久逢幾乎來不及擋下董恆達彈指間就成形撲向李偉誠的符文，他的保護結界及時生效，沒讓董恆達將李偉誠打到魂飛魄散。

「別被他激怒。」羅久逢悄聲說。「他只是在找理由除去你，沒有你，我就無法在地獄找到陳清羽。」

「你一個孤魂野鬼，也敢在驅邪師面前大呼小叫？」董恆達冷冷地說。「你之所以能站在這裡，只是因為協會需要你的證詞。一旦這場會議結束，你得盡早重入輪迴，否則你遲早會化為惡鬼。」

羅久逢往前一步擋在李偉誠和董恆達之間。「董理事，我為李偉誠剛剛的發言致歉，但協會有明文規定禁止對其他驅邪探員的式鬼出手，希望您不要打破慣例。」

「看門人從未正式將李偉誠收為式鬼，因為她根本不在自己真正的肉身裡，更何況她已經不算協會的驅邪探員……」董恆達頓了一下，直直瞪著羅久逢：「我懂了，羅家小輩，你收他當式鬼？」

羅久逢眨眨眼：「他跟著看門人見識過許多鬼怪，正好彌補我經驗不足這一方面的缺陷，而且他並非罪大惡極的惡鬼，只是被魔氣轉化而已，不必擔心他失控傷人。對於我這樣的年輕探員來說，完全是可遇不可求的式鬼。」

董恆達看著羅久逢睜眼說瞎話，終於死了說服羅久逢改變主意的心，溫聲說：「孩子，等你驅邪師當夠久以後，就會明白有些人和惡鬼之間沒有太大的區別，為了活下去，什麼都做得出來。」他似乎不想再浪費時間，站起身向其他兩位董事長點頭致意，步出會議室之前他回頭對羅久逢說：「我會看著她，只要她有一點不對，我保證這一次她連地獄都去不了。當然，前提是你真的能帶她離開地獄。」

董恆達關上會議室的門後，室內陷入短暫的寂靜，鍾玉茗清清喉嚨，對投出求助眼光的秘書說：「照實記錄所有人的言論，不用太在意董理事，他還有事提前離席。其他理事長看完會議紀錄，有問題請他們來問我。」

羅久逢先讓李偉誠回到隱藏空間，然後迎向祖母的目光：「怎麼了？」

鍾玉茗難得讚許他：「這個任務讓你成長很多，不過……式鬼？」

羅久逢揚眉：「我沒有說我是否已經收他為式鬼，只是說出那些好處。」

「你惹麻煩的功力還是一如往常。」鍾玉茗嫌棄道：「理事會那邊我會處理，剩下的是你自己和那個看門人之間的協定，我不會插手，不論後果是什麼，你都要負責到底。」

善明法師忽然示意羅久逢過去，羅久逢走到善明法師的椅邊，他拉起羅久逢的右手，將一直拿在手上的菩提持珠放在羅久逢的掌中，佈滿皺紋的臉上帶著悲傷的笑容：「這串佛珠我已隨身攜帶二十年，我有預感你將用得上它。」他說完轉向鍾玉茗：「我在南邊還有要事在身，先行告辭。」善明法師以不符合年齡的穩健步伐快速移動到門口，門外恭候已久的兩名和尚小聲叫了聲「師父」，一邊向他匯報情況一邊離去。

羅久逢把持珠收入口袋，然後轉向一臉不耐煩、用全身氣息要他快滾去做事的祖母問：「祖母，我能問問小叔的聯絡方式嗎？」

第八章　前往終點

羅久逢的小叔羅剛坤駐守的地獄門位在西部的海邊，那裡曾是某個僱傭殺手的棄屍地，死者們的怨氣和恨意在某個被害人被殺手虐殺後達到頂點，被害人肢解的屍體被塞入塑膠桶灌入水泥、拋進海中，那一瞬間，地獄門在海底開啟通往另一個世界的道路，釋放出地獄內等待已久的怪物。

羅久逢搭乘區間車，在一個只有月台和進出站票閘的偏僻火車站下車，從火車站走到羅剛坤住的漁村大約四個小時，羅久逢估計自己能在午餐時間前後抵達。他在半路遇到一個熱情的阿伯，聽說他來拜訪親戚就順路載他一程，他沒有戴安全帽坐在機車後座，看著阿伯悠哉闖了好幾個紅燈，直到他們要行進的方向不同才放他下車。

「下次叫你親戚來接你啊，少年仔。」阿伯一邊調轉機車頭一邊對他大喊。

「我會的，感謝您！」羅久逢對他的背影說，阿伯揮揮手示意他聽到了，羅久逢才轉開視線繼續往漁村走。

羅久逢在十一點多到達目的地，這個小漁村原本就只剩幾戶人家，在地獄門出現後，像是本能感應到危險一般，沒等協會派人找上門協調就紛紛搬離那個村子，協會以某個無關人士的名義買下了村落邊緣的兩層樓透天厝，供看門人居住。

羅久逢從法術殘留的痕跡辨認出小叔所住的透天厝是哪一幢，從外表看來它和其他被棄置的房屋沒有太大差別，外層的油漆剝落，露出底下的水泥牆面，幾扇窗戶玻璃因為風雨夾帶來的重物被敲出裂痕，家門口充當盆栽的橘色塑膠方形桶內只剩乾掉的土壤和枯萎的植物，木本植物的枝幹頑強立在土壤中央，但只要稍加用力就能折斷。

羅久逢的指節還沒扣響門板，門就被屋主打開，一名身材中等、年近四十的男子身穿休閒服，打量了羅久逢片刻後露出大大的笑容：「這不是小久逢嗎？上次見到你的時候你只有到我大腿的高度呢！我有預期協會今天會派人過來，但沒有想到會是你！讓我看看你的探員證……三級？不錯嘛小子，看來你很努力。快進來和我說說你開始探員工作後老太婆怎麼折磨你。」

羅剛坤一把揪起羅久逢的後領，他的外型看起來不強壯，卻能單手將身高接近他的羅久逢提進屋內。屋內的狀況和破舊的外貌截然不同，一眼就能看出生活在這裡的人非常用心在打理屋內的一切，室內的角落一塵不染，所有物品都排放整齊，整疊未使用的符紙和各種能加持符文的粉末裝在玻璃瓶罐裡，一起放在書桌旁的防潮箱內。客廳一側的牆壁放了兩個書櫃，一個放書籍和筆記，另一個則根據大小和高度排列各式法器，大部分都是不同動物的頭骨，還有少數疑似人類的完整手骨。

客廳的茶几已經放好兩個茶杯，羅剛坤把他拎到竹椅前，為他沏了一杯茶。「你現在幾歲了？」

「十六歲。」

羅剛坤也為自己倒一杯茶。「時間過得真快，不知不覺就十二年了，在這個地方真的感覺不到時間流逝。不過這裡的地獄門已經開始萎縮，估計一兩年內就會消失，到時候我的任務就完成了。」

「小叔你一個人在這裡，不會覺得無聊嗎？」

羅剛坤大笑幾聲。「你是想問我孤不孤單吧？附近山丘裡的動物和樹靈少說也有上百隻，我的術法和生靈相關，本來就很適合住在這個地方，而且如果我想找人聊天，開車到附近鎮上喝一杯就行，沒什麼孤單無聊可言。久逢你是不是對看門人的工作有什麼誤解？看門人不需要日夜貼在門邊兢兢業業。把地獄門當作地球表面的撕裂傷來看就好，你需要替它換藥、確認它的癒合狀況，但分分秒秒盯著它不會讓傷口好得比較快。」

羅久逢回憶起陳清羽無止盡的轉生，以及注定不得好死的結局，一時之間不知該說什麼。

羅剛坤瞥了他的表情一眼，從旁邊的桌上拿了一盤瓜子放在他們中間，抓一把嗑起來，含糊道：「怎麼？和你來找我的事情有關？嚴重到協會批准探員來接觸看門人？還是你是私下偷偷過來？我猜是私下，嚴重的事情不會只派一個三級探員過來，我老媽給你地址的吧？她還是和以前一樣心軟，我報名看門人選拔的時候，她威脅我沒選上就打斷我的腿再幫我接回去，選上以後又躲起來偷哭，以為我們都不知道。」他聳聳肩。「不談我了，你想找我幫忙做什麼？」

羅久逢敘述了陳清羽的故事，以及各個理事長對她抱持的態度，最後是他拯救陳清羽離開地獄的計畫。羅剛坤在他說話時全程不發一語，緩緩嗑著手中的瓜子，把瓜殼放在另一個空盤上。

「我還在協會的時候，完全沒聽說過郁凌那一區有地獄門。」羅剛坤等羅久逢說完後，沉思一下——或說再嗑了幾個瓜子才開口：「不過根據你的說法，這確實不是什麼光彩且振奮人心的看守方式，就算是為了贖罪……這真的很難判斷是非，畢竟在看門人的看管之下，地獄門內的東西跑出來害死人確實是她失職。她承擔起這份職責，不論背後原因是什麼，她都要為她的工作負責。」

羅久逢無法為陳清羽辯駁。

「但有個地方我無法理解。」羅剛坤又抓了一把瓜子。

「嗯？」

「為什麼是那對小情侶？他們的家庭環境聽起來不像容易被魔氣影響的學生，為什麼地獄魔者挑他們兩個拉進偽地獄？校園內一定還有其他比較容易得手的目標，說不定還能一次拖三四個進去，比兩個陽氣正盛的孩子划算許多。」

羅久逢不得不佩服羅剛坤，他還在郁凌高中的時候完全沒想到這個問題，只認為郭佑希和許怡琳是不幸被隨機選上的受害者，但羅剛坤卻在聽完他的敘述後馬上挑出疑點，學校那些長年被魔氣影響的老師們其實才是更好下手的目標，郭佑希和許怡琳與那些教師相較起來根本就是兩顆小太陽。「你認為她隱藏了什麼？」

羅剛坤一臉莫名：「她隱瞞什麼？她看門都來不及，還挑人送進偽地獄？沒有看門人會主動增加自己的罪孽，除非她腦子有洞。我要表達的是，可能有別的知道郁凌高中地獄門的人在背後操控，你最好小心點。」

除了他原本預期的對象，還會有其他人嗎？「會是董恆達理事長嗎？」羅久逢脫口說出浮現在他腦海中的名字。

羅剛坤拍掉手掌的碎屑。「他有恨陳清羽恨到不惜搭上兩個無辜的生命，坐視郁凌高中陷入危險嗎？」

羅久逢想了想，認為一個理事長不至於是非不分到任由偽地獄形成。

羅剛坤拍拍他的背。「別急著找出是誰在搞鬼，時候到了那個人自然會現身，既然那個人恨陳清羽到這種地步，一定不會放任你拯救陳清羽，你只要等那個人自己現身就好。」他說完一派輕鬆收起茶几上所有東西，打開書櫃取出他的法器。「來吧，去看看我看守的地獄門，我們盡快解決你的事情，我個人很歡迎你來作客，但附近的生靈不喜歡外人，地獄門形成後讓牠們更排斥外地人，我花了三年才讓牠們接納我。」

羅久逢眨眨眼：「小叔你要幫我？」

「不然呢？你覺得還有其他看門人願意這樣給你亂弄地獄門嗎？還是你打算一個一個說故事，直到某一個看門人被陳清羽的故事打動？還不如我現在就協助你，順便避免你幹出什麼蠢事。」他準備好法器，向羅久逢伸出手：「給我吧，你一定有後備方案吧？」

羅久逢小心從背包拿出一包牛皮紙包好的紙包，羅剛坤把紙包收進口袋後領他走出房子，沿著村落唯一的柏油路一路走到盡頭，砂土和碎石組成的道路取代柏油路，引導他們通往碼頭邊的地獄門。

用石塊和水泥砌成的碼頭與附近年久失修的木製碼頭形成對比，浪潮有節奏地拍打在堤防上，碎裂的浪花掉落在淺灰的水泥地面上，形成深色的水痕。羅剛坤帶他走到唯一完好的碼頭末端，一扇幾不可見的地獄門有一半浸在海水之下，隨著浪潮若隱若現。

雖然已經是一道即將消失的地獄門，但從門縫中流瀉下的魔氣並沒有因此減少，地獄門周遭的水底用沉重的白色石頭灌注法力，排列出淨化陣法，再藉由周遭自然萬物產生的靈力抵銷魔氣。因為漁村只有一個人居住，沒有其他人會受魔氣影響，羅剛坤只需要每個星期去附近鎮上，探聽有沒有異常事件發生就足夠。

羅久逢研究地獄門上的封印，那道封印阻絕了大部分試圖溜出地獄的魔氣。「小叔，你用什麼封印住這道裂縫？」

羅剛坤輕拍手上的動物顱骨。「請牠們幫忙祈福，你早個幾年來，應該還能看到最初和我封上地獄門的山林守護獸的遺骸殘影，牠們允許我挖出牠們的遺骨，裡面蘊含了數十年來山林裡所有生靈祈福和傳承的靈力。」

羅久逢仔細打量小叔手中的顱骨，勉強認出它生前是一隻兔子。「我以為牠們不會想管人類搞出來的鳥事。」

羅剛坤在水泥地上排列法器。「牠們確實不想，但牠們更在乎這片土地的寧靜，牠們很清楚被魔氣影響的人類遲早會波及到其他生物，不如一開始就協助人類鎮壓魔氣的源頭。」他拿著某種動物的腿骨敲一下羅久逢的頭頂：「發什麼呆？快點開始畫你要用的陣法，把事情辦完以後，我還想去鎮上找朋友喝幾杯。」

羅久逢取出背包裡的玻璃罐，裡面裝了固魂水，因為濃度很高而有些濃稠，他畫好連結陣法和離魂陣法後，從隱藏空間釋放出李偉誠，羅剛坤好奇地打量李偉誠，問道：「你和他有簽訂式鬼條約嗎？」

「沒有，我騙了董恆達，反正他沒發現李偉誠身上殘留的印記是陳清羽留下的，就算理事長想仔細檢查，我也會以保護李偉誠的名義擋下他。」羅久逢檢查陣法無誤後，要李偉誠站到連結陣法中央。

李偉誠望向羅剛坤：「他願意幫助清羽？」

羅剛坤聳聳肩：「對我來說只是舉手之勞，但我得警告你，只要出任何一點差錯，我會立刻封印大門，你的魂魄和肉體間的連繫會立刻斷裂，你將會和那個女孩永生永世受困地獄，沒有人會去拯救你們。」

「等等。」李偉誠出聲。「羅久逢的魂魄？我以為我會和你一起進去。」

「不，你和陳清羽之間的連繫會指引我在地獄找到她的魂魄，再領我們穿越地獄門回到人間，所以你必須待在外面，你是我們的燈塔。」

李偉誠凝視羅久逢片刻，最後妥協般點頭，靜靜立在陣法中央，等待羅久逢剩餘的準備工作。

羅久逢啟動事先寫好的符紙，符紙內蘊涵的法力牽引紙張飛到李偉誠的胸膛上，法力注入李偉誠的魂魄內，強化並讓他和陳清羽曾有的連結現形。

羅剛坤見羅久逢開始行動，立刻高舉手中的顱骨，低誦出當初他封上地獄門的反向咒術，為羅久逢打開一道細小的縫隙，羅久逢感受到魔氣大量流洩出的那一刻，踏入離魂陣法內閉上眼，讓魂魄被陣法扯出肉體，接著依附到李偉誠和陳清羽的連結之上，沿著那道發光的線條穿過地獄門的裂縫。

墮入地獄。

第九章　地獄，地獄

羅久逢注視著自己半透明的雙手，心想：「原來這就是當鬼的感覺。」

他原本預期重新感受到郁凌高中那道快崩潰的地獄門附近的沉重壓迫與窒息感，但魔氣對魂魄的壓力似乎沒有對凡人那麼大，羅久逢似乎能理解為什麼許多孤魂野鬼都在不知不覺中成為惡鬼，因為魔氣是一點一滴滲入魂魄之中，逐漸腐化人們的心智。

羅久逢抬起頭，緩慢扭動頸部掃視周遭。和他想像中的地獄不同，地獄沒有無數惡人在業火中焚燒，沒有惡魔手持利戟逡巡在罪人之間，不時對哀嚎求饒的人們刺上幾下。

地獄水銀色的天空閃爍著光澤，地面則是看不出材質的深黑，寂靜的空間深處偶爾傳來水滴落在水面的聲響，但羅久逢沒看到任何蓄水之處。

羅久逢在原地停頓幾分鐘，依舊沒有任何動靜，他才小心翼翼跨出第一步。

頭頂傳來水面被踏開的聲響，羅久逢仰頭，在低矮的水銀天空上看到自己腳步的相對位置起了一圈漣漪，正在緩慢向外擴散。

羅久逢踏出第二步，天空的水銀表面再次被他踩出漣漪，這一回水聲比方才沉悶黏稠，像是沼澤的泥淖被奮力劃開表面。他抬起腳的時候，感覺腳底和地面間有道無形的拉力，彷彿地面緊抓著他的腳板不放。

他沒有太多時間，他必須盡快找到陳清羽。

李偉誠和陳清羽魂魄之間的連結在水銀色天空過量的照射下變得極不顯眼，羅久逢忍不住伸出手試圖碰觸那道散發微光的線條，但他的手穿過線，讓他再次意識到自己身處在什麼環境之中。

羅久逢確認連結的方向後加快腳步，踏過水面的聲音不斷從頭頂傳來，等到水聲交雜到他分不出此時是他的右腳還是左腳落地，他才察覺自己已在不知不覺中狂奔起來，彷彿連結的盡頭有一股無法抗拒的巨大拉力引領他前進。他保持這樣的速度跑了不知多久，但絲毫沒有感受到疲憊，因為他不需要呼吸。

然而別種生物似乎需要。

一開始，羅久逢以為耳邊微弱的呼吸聲是自己生靈離體後，尚未適應不用呼吸的本能反應；但隨著呼吸聲加重，他聽出不只一道呼吸聲，還有其他東西在追趕他所發出的喘息。有他看不見的地獄生物在附近，他卻完全無法感知它們的氣息。

地獄內的魔氣太多，那些生物能夠輕易隱藏自己，羅久逢沒費心加強陰陽眼的能力，一是這裡魔氣太重，他強化眼力也不一定能看到什麼，二是那些東西要傷害他早就出手，不過羅久逢不認為它們是出於好奇才跟著他走，而是有某種特別的原因令它們暫時不能傷害他。

羅久逢在水銀天空和黑色地面的交界之處找到了她。

水銀色的液體沿著彎曲向下的天空交融在地面之中，水聲隨著羅久逢停下腳步立刻消失，他後頭的呼吸聲也全安靜下來，不過羅久逢知道它們沒有離開，在黑暗中凝視他的一舉一動。

那名羅久逢僅有一面之緣的道袍少女魂魄蜷縮在地上，流到地面的水銀混雜著魔氣在她周身打轉，但始終沒能碰觸到她。這個景象讓羅久逢稍感安心，陳清羽告知她的計畫時，羅久逢本來擔心她已經下定決心，但她被拖進地獄後沒有放任自己被魔氣腐化，代表她心底並未完全放棄掙扎。

「清羽。」羅久逢低聲呼喚她的名字，並在他們的魂魄周圍設立保護結界，他不清楚有什麼樣的怪物在附近潛伏等待，但這個結界多少能在被攻擊的時候為他們爭取幾秒鐘的時間。

陳清羽依然動也不動躺在地上，羅久逢輕晃她幾下，發現她把自己拉入深眠狀態，這種狀態能阻絕所有外在干擾，讓魂魄的活動度降到最低，同時不會有任何思想，陳清羽用這個方法避開地獄中多數生物的注意而不讓自己清醒，以避免在魔氣的影響之下，產生各種負面想法，進而加速被魔氣腐蝕。

羅久逢將法力集中到食指，在陳清羽額頭畫了一道符文，拉她離開深眠狀態。

陳清羽的睫毛微微顫動，有些困惑地睜開雙眼，撐起上身茫然打量四周，似乎一時間想不起自己身在何處，她的目光聚集在羅久逢臉上片刻後，終於憶起她陷入深眠狀態前的事。

「你是傻子嗎？你為什麼要到這裡來？我不是告訴你騙李偉誠你們會來救我，他就不會傻傻跟著我進地獄門了嗎？沒有要你真的用我和李偉誠之間的連結進地獄找我！」

「有些疑問我還沒弄清楚妳就跑了。」羅久逢攤手。「我能怎麼辦？只好來這裡問妳了。」

陳清羽翻身跪坐起來，越過他的肩膀察看結界外的生物。「看看你帶來了什麼……你就為了幾個問題闖進虛無地獄？你難道不怕離不開這個鬼地方？」

「妳擔心我出不去的話，就趕快回答我的問題。」羅久逢語氣平淡，不帶任何喜怒哀樂。「不過妳剛剛說虛無地獄？妳知道這裡是什麼地方？」

陳清羽小心環視四周，低聲回答：「虛無地獄專門收容未經審判就墮入地獄的魂魄，直到淪落到這裡的靈魂被徹底汙染，才會被地獄真正吸收，然後……我不知道，它們說那些魂魄就不見了。」

「它們是誰？」

「你帶來的那些東西，虛無地獄的古老住民，它們這樣稱呼自己，我觀察了它們一小段時間，它們對每個新來的鬼魂都說一樣的話，一字不差，像某種複讀機器，實行職責……」

陳清羽搖頭。「它們不重要，你必須盡快離開，不然魔氣會讓你再也回不到肉體，趁你還有時間……我已經被汙染，一切都太遲了。」

「妳只是魂魄內有魔氣，妳還在這裡，不就代表還不算太遲？」羅久逢感覺到魔氣正在緩緩腐蝕他設下的保護結界，他不認為古老住民像陳清羽形容的那般無害，魔氣正在往他們的方向聚集。「我在回報郁凌高中的任務時，遇到了董恆達理事長，他對妳印象深刻。事實上，他強力主張放任妳爛在地獄裡——我講得比較難聽，不過這樣說比較簡短。他認為妳對妳父母的計畫並非一無所知，而且妳爸媽為妳提早準備了退路，所以妳才能在地獄門出現後，在鬼物們的襲擊下全身而退。」

「董恆達，我記得他。」陳清羽喃喃道。「他是個好人，只有他在一片混亂之中，沒有想到要來救我。」

羅久逢不能理解地眨眨眼，覺得陳清羽已經被魔氣影響神智。

陳清羽看出他的不解，露出無奈的笑容：「那時的董恆達還年輕，負責的是外圍的鬼物，靠近地獄門的都是經驗豐富的驅邪師。雖然我有父母死前設立的保護結界，但那些驅邪師為我殺死了大部分的惡鬼，讓我足以單靠結界和自己的能力活下來，但他們之所以幫助我，只是因為他們很清楚我還不能死，他們需要我的特殊體質封印地獄門。」陳清羽表情平靜，彷彿被那些驅邪師左右命運的人不是自己。

「妳怎麼知道他們不是單純想救妳？」羅久逢忍不住反駁，畢竟他從小到大認識的協會並不是由這種會利用他人的勢利驅邪師組成，驅邪探員應當保護普通人免於惡鬼傷害，而非算計他人去對抗地獄門。

「他們的眼神。」陳清羽愣愣盯著遠方，回憶遙遠的過去。「厭惡和憎恨無法隱藏，你可能會說也許他們出於道德感來救我這個罪人的女兒，但他們在戰鬥中對彼此嘶吼的話語，我能聽出他們已經決定好我的結局，所以我不能這麼輕易死去，甚至有一個驅邪師為了保我一命犧牲自己。所以即使我不知道我父母會做出那種事，我仍必須成為地獄門的封印。這才是我在地獄門的鬼怪侵襲下倖存的真正原因。我的父母從未讓我參與他們的偉大計畫。」

隨著陳清羽斷續話語間被迫重拾的陰暗回憶勾起心魔，魔氣找到縫隙鑽入她的魂魄，這並非羅久逢的本意，然而他還是得問清楚。對與錯不能隨著一個人死去就塵埃落定，就算只剩下魂魄也不該被放棄。

「看著我，冷靜點。」羅久逢伸手將陳清羽的臉轉向自己，強迫她把視線移到自己身上。「別讓魔氣毀滅妳的理智，妳努力了那麼久，別在最後關頭放棄。」

陳清羽搖頭。「我還在這裡只是因為我是個害怕進入真正地獄的懦夫，而非我心存希望，覺得自己值得被拯救……」

羅久逢把食指按在她的雙唇上，阻止她說下去。「在妳回答問題之前，看著我的眼好好思考之後再開口。告訴我，如果我判定妳背負的罪孽，不需要以生命和死後的永世痛苦贖罪，妳想不想擁有逃離地獄的機會？」

陳清羽本能開口想給出否定的答案，雙唇蠕動幾下之後微微抿起，表情逐漸扭曲，努力不讓累積半世紀的委屈轉成淚水傾洩而出。她勉強抑制住喉頭的酸楚，給出她心底真正的答案：「想，我的人生從來沒有屬於自己過，就算只剩魂魄……我想以陳清羽的身分回到人間的陽光下。」

羅久逢綻出燦爛的笑容：「妳看？說出來並沒有那麼難，妳不需要永遠扮演無私的看門人，更何況妳已經不是看門人，妳可以任性一點。」

陳清羽縮起身體。「但說出來有意義嗎？你是來這裡審判我的，你還沒問完問題，我在你眼中還不是個值得拯救的靈魂。」

羅久逢瞧了一眼引導他找到陳清羽的連結線：「其實我心裡已經有答案，只是我只能透過這個方式確認。這是最後的疑點，妳知道為什麼地獄魔者會選郭佑希和許怡琳當目標嗎？」

「如果我早點封上那扇地獄門，他們就不會被帶進偽地獄……」一提起那兩個名字，陳清羽又一次陷入混亂，她魂體內的魔氣和周遭的魔氣產生共鳴，震碎了羅久逢設立的保護結界。

結界的碎裂聲喚回陳清羽的神智，她顫抖一下回過神，接著表情一凜，矯捷地一躍而起，把羅久逢推到自己後方。

「怎麼了？」羅久逢問。

「古老住民們，它們在靠近。」

羅久逢的手越過陳清羽緊繃的肩膀，在她前方吃力地畫出一道保護符，在充滿魔氣的地方使用法力無異於在深海中點火，成形的防護牆比羅久逢以往繪製的單薄許多，在魔氣毫不客氣地侵蝕下很快就千瘡百孔。

「住手，這個擋不住它們，你只會激怒它們。」陳清羽按住他的手。

「我只是想爭取一點時間。」羅久逢悠哉道。

「它們厭惡生靈！你要爭取時間離開的話，就別再使用法力，順著連結——」陳清羽望向她和地獄外的李偉誠之間的連結線，然後發現那道連結線不知何時已經失去蹤跡，她的雙眼流露出恐懼：「連結呢？什麼時候？這樣你要怎麼——」

「噓。」羅久逢低聲安撫她，並把她輕輕拉到自己身側和她並列。「我不是妳需要保護的普通人，妳沒有必要擋在我前方。」

水銀天空和黑色地面之間，在羅久逢看不清的黑色霧氣之中，那些古老住民噴吐出屬於死者的語言，傳入生靈的耳中只是無意義的相連音節。身為死者一員的陳清羽聽得懂它們說的話，大力搖頭：「他馬上就要離開，魔氣並沒有進入他的魂體，你們不能留下他。」

魔氣間持續傳來奇特的語言，音量撼動羅久逢的魂魄。羅久逢能分辨不只一個古老住民在說話，陳清羽的語氣焦躁起來，說出來的話混雜著死亡的語言，羅久逢僅能分辨出幾個字，無法將這些隻字片語拼湊成有意義的句子。

好在羅久逢一直在等待的人——或說鬼魂——終於循著他和陳清羽之間的連結來到他們身邊，李偉誠像是從黑色迷霧誕生，魂體內的魔氣和虛無地獄的魔氣交織在一起，比羅久逢看不見的古老住民更像虛無地獄的主人。

「李偉誠？你為什麼……」陳清羽錯愕地盯著李偉誠，接著聯想到羅久逢問她的最後一個問題，不可置信地望向羅久逢：「你說你已經有答案……郭佑希和許怡琳會被地獄魔者選上的原因……不對，那是我的疏忽，我沒有察覺校內有人被標記，跟李偉誠無關……跟你沒有關係，對吧？」陳清羽絕望地問李偉誠。

面對陳清羽，李偉誠身上湧動的魔氣稍稍平復下來，古老住民們似乎為他讓出一條路，讓他能夠走到陳清羽前方。他伸出手托住她的臉：「我無意中撞見他們兩個在樓梯間接吻，如此無憂無慮，他們都還在呼吸，心臟都還在跳動，而我，卻連妳都碰觸不到。」

陳清羽低語：「你做了什麼？」

李偉誠無視陳清羽臉上的痛苦，如同炫耀般滔滔不絕說出他埋藏已久的祕密：「我用魔氣標記了他們。我身為半惡鬼，比妳這個失去多數記憶的看門人更早察覺比我強大的同類的存在，屬於它的魔氣在校園內尋找適合的獵物時，馬上就盯上身上帶有魔氣的郭佑希和許怡琳。因為他們是二年級，已經三年級的妳不會遇到他們，所以沒發現他們身上帶著地獄魔者的魔氣。」

「我只察覺校內魔氣變多，把重點監視對象放在高三生和老師們身上，我以為是我太過輕忽，或是地獄魔者是隨機挑選獵物……但李偉誠，你不是這樣的人，不論我在哪一次小輪迴，不論你活著還是成為鬼魂，你不該……」陳清羽說不下去，在她漫長輪迴的盡頭，李偉誠的出現彷彿老天可憐她獨自行走多年，讓她在死前幾次輪迴得到些許溫暖。

卻要她在死後付出代價。

李偉誠親自打破這場美好幻境，他眼神溫柔地凝視陳清羽：「鬼魂能從氣息判斷彼此的強弱，也能大概看出一個驅邪師的法力多寡，在我感知到地獄魔者的存在時，就知道詹若月無法獨力消滅它，而妳的個性絕對不會放任地獄魔者不管，它會把妳拖進它的空間，然後殺了妳。標記郭佑希和許怡琳是為了確保我也成為有罪之人。我要確保我們的終點相同，不論妳到哪裡，我都和妳一起去。」

「不過出乎你意料的是詹若月的肉體雖然和地獄魔者同歸於盡，魂魄卻得以存活。」羅久逢替李偉誠補充。

李偉誠的目光緊緊鎖著陳清羽：「在詹若月告訴我那些話時，我就猜測詹若月也許就是簡緋琴，我立刻明白妳會用別的身分再次回到我身邊，即使被困在那所愚蠢的學校，保護那些不知感恩的師生，只要我們擁有彼此，這樣的生活並沒有那麼糟。」

陳清羽緊握住李偉誠的手腕：「你知道你在說什麼嗎？我們本來可以更早阻止地獄魔者，他們兩個就不會被帶進偽地獄，他們的生命本來應該是我要獨自背負的罪，你為什麼要這麼做？為什麼？為什麼？你應該要放下我，留在人間成為羅久逢的式鬼──」

「並不是所有惡鬼都能洗滌自己的罪惡，尤其他們並不覺得自己有錯的時候。」羅久逢望著李偉誠的魂體內快速累積起的魔氣，他即將墮落成真正的惡鬼，而這一次，陳清羽沒有淨化體質能夠去除他的魔氣。

「無論如何，郭佑希和許怡琳都是我們共同承擔的罪孽。」李偉誠忽略羅久逢的話。「早在妳封上地獄門的時候，我們就該這麼做了，一起沉淪，去罪人們該去的地方，別再試著讓我的靈魂獲救，我從來不是妳心目中那個完美的半惡鬼。」

羅久逢感覺到其他生物在逼近，那些古老住民們似乎全都被這裡激烈迸發的魔氣吸引，又一次鼓譟起來。身為生靈的羅久逢無須聽懂內容就能聽出它們的興奮。

有魂魄即將墮入真正的地獄。

李偉誠的魔氣溫柔纏上陳清羽的魂體，卻沒有一絲成功滲入陳清羽的魂魄，李偉誠困惑地問：「清羽，妳還有什麼好掙扎的？就這樣一起下地獄不好嗎？我們只能在那種地方贖罪。回去人間贖罪，不過是在保護一些罪有應得的人，為了什麼？就為了讓他們活到壽終正寢再進陰間接受審判嗎？去他們的，讓惡鬼殺死他們，人類會遇到惡鬼都是自找的，我們沒有義務保護他們。」

「不。」陳清羽推開李偉誠的手。「躺在地獄底層受苦幫不了任何人。我是守門人協會的驅邪探員，生前鎮守地獄門，死後若能重返人間，我仍然是驅邪探員，保護沒有法力的普通人是我的義務。」

大量魔氣湧向虛無地獄的天地交界之處，化為李偉誠魂體的一部分，魔氣深入他的魂魄，李偉誠的魂體逐漸變成深黑色，外貌也開始扭曲突出，轉化為真正惡鬼的模樣。「妳忘記協會怎麼對妳了嗎？但凡協會有一絲幫助妳的意願，妳現在會在這個地方？」

「不然你以為我來這裡做什麼？觀光？」羅久逢聽夠了李偉誠憤世嫉俗的發洩，在空氣中畫了一道符文甩向李偉誠，把他推出去，落在水銀天空的水滴滴落形成的銀色水池之間。

李偉誠爬起身，臉上依舊帶著溫柔的笑容：「羅久逢，你說得好聽，但你要拿什麼救你自己？你拿來引路的連結已經消失，你無法走出虛無地獄，或許你在外面的小叔有辦法救你，但清羽要和我一起走。」

魔氣隨著李偉誠話音落地撲向羅久逢，羅久逢還沒畫符擋下那些魔氣，屬於另一個鬼魂的魔氣從旁邊橫掃過來，兩道魔氣相撞，化為霧氣消散，魔氣撞擊的力道產生的強風將附近所有黑霧吹散，也許是少了濃厚的魔氣掩護，羅久逢先前一直看不見的古老住民在水銀色天空下浮現出隱約的輪廓。

古老住民們像剛從泥沼爬出來的人形生物，一個個身上不斷滴落半凝固的魔氣，過度瘦長的雙臂垂在雙腳邊，四肢像柱子般支撐起龐大的軀幹，伴隨它們發出的噪音前後晃動，頭部以上呈現碗狀的凹槽，同時用來接收訊息和發聲。羅久逢定睛細看幾眼後才發現那些半凝固的魔氣並非向下滴落，而是被古老住民由黑色地面持續向上吸收，裡面夾雜著幾絲水銀色的殘渣。

「她並沒有被所有人放棄。」羅久逢淡淡地說，從口袋拿出唯一一個成功化為靈器跟隨他進入虛無地獄的法器，善明法師轉交給他的持珠。

持珠綻放出刺目的佛印，瞬間逼退正在靠近的古老住民，以及李偉誠重新聚集起的魔氣，李偉誠的魂體已經完全被轉化，血紅的雙眼不時流出紅色的淚水。

擋在羅久逢和李偉誠之間的陳清羽愣愣盯著那串佛珠，任由佛印散發出的光芒燒去她魂魄中的魔氣。「我認得這個氣息。」她小聲呢喃。「多年來，我以為大師和協會其他人一樣，將我遺忘在那扇地獄門旁……」

羅久逢悄聲道：「清羽，不是所有人都背棄妳，善明法師沒有遺忘妳，這是他託我轉交給妳的佛珠，如果能再見到妳一面，相信他會很高興。」

陳清羽伸手碰觸到佛珠前，李偉誠的魔氣重新席捲而來，羅久逢不得不退開幾步閃躲化成利刃的魔氣，李偉誠完全惡鬼化後的魔氣和虛無地獄本身產出的魔氣交織在一起，讓他能使用附近空間內所有魔氣。

利刃風暴轉了個方向，再次襲向羅久逢，羅久逢不再保存法力，快速畫了一道淨化符架在自己前方，利刃在穿過符文形成的淨化牆後散去，但羅久逢用了比平時多上好幾倍的法力才淨化掉那些魔氣，在這種強度的攻擊之下，李偉誠不用多久就能消耗光他體內的法力，到時魔氣就能入侵他的生靈魂魄，羅久逢可能會無法回到自己的肉體內。

不過李偉誠似乎也沒有太多時間，他腳下的地板變成一片泥沼，緩緩把惡鬼的雙腳向下吸入，方才被逼走的古老住民們紛紛圍繞到李偉誠後方，頭部發出重複的單字，身形逐漸擴張，羅久逢注意到它們的四肢在努力汲取李偉誠腳下的裂口溢散出的魔氣——只有在虛無地獄的魂魄墜入地獄時才會開啟的通道，古老住民唯有在此時能吸取來自地獄的純粹魔氣。

看到這幅場景，羅久逢明白了這些自稱古老住民的生物是什麼。

它們也曾是虛無地獄的迷惘魂魄，藉由其他魂魄墮入地獄的瞬間吸收地獄魔氣，將自己轉化為近似地獄魔者的存在，讓它們得以停留在地獄以外的空間，而非被拖進地獄為自己在陽間的罪過受苦。

說穿了，就只是些苟且偷生的孤魂野鬼，忘記自己也曾是普通魂魄，自認是虛無地獄的主人，時刻期盼新來的鬼魂被徹底汙染，然後像水蛭般趴在地獄的裂口邊吸吮魔氣。

陳清羽凝視李偉誠腳下的裂縫，似乎能聽見下方傳來的萬鬼哭嚎，魔氣快速滲入她的魂體，當她抬起頭來，臉上只剩下堅定的決心：「我曾感激能在最後幾個輪迴有幸有你陪伴，不過現在，我只能對你說對不起。」她逐漸降低音量。「對不起，讓你遇見我，才會造就現在的你。」

「陳清羽，別讓魔氣腐化妳，妳會被他帶下去！」羅久逢穿梭在兩個鬼魂吸走魔氣的空間，在這些魔氣暫時比較稀薄的地方架起簡單的保護結界，把古老住民隔在結界另一端，它們捨不得使用珍貴的純粹魔氣破壞結界，一定會等虛無地獄的魔氣腐蝕結界後再靠過來，這段時間足夠羅久逢帶陳清羽離開這個鬼地方。

「妳寧願相信一個認識不到兩天的驅邪探員，也不願意和我走？」李偉誠腳下的泥沼逐步擴張，隨著他的聲音變質成低沉咆哮，他身上散出的魔氣再次化為利刃，只是這一次瞄準的目標是陳清羽。「在協會的會議裡，那個理事長老頭說我是妳養出來的狗，但妳和我根本沒有差別，妳是協會訓練出來的看門犬，他們丟點獎勵給妳，妳就忘記他們把妳扔到一邊等死的過去，搖著尾巴回去讓他們繼續利用妳，連妳死後都不放過。」

「所以你想帶我一起下去，脫離協會的控制？」陳清羽微抬起雙手，滲進她魂體內的魔氣在她的掌心流轉，化為黑色薄霧接下李偉誠甩向她的利刃，兩人的魔氣撞上彼此，變成兩隻撕咬彼此的狼，第二波魔氣穿過兩隻散回原形的狼再次相撞，陳清羽依舊選擇只擋下李偉誠的攻擊，被動防禦四面八方刺向她的利刃，同時為羅久逢接下波及到他的魔氣，讓他不必使用法力。

李偉誠已經有半截小腿進入地獄，惡鬼化使他的魂體被魔氣擴張，長出黑色的刺骨，密密麻麻像野獸的獠牙，但他的理智尚未被奪去，對著羅久逢怒吼：「我早該殺了你，然後在清羽封印地獄門的時候就和她一起進來，你為什麼破壞這一切？你要救她出去，為什麼還要廢話這麼多，告訴她郭佑希和許怡琳的事？你以為我在外面聽不到你說了什麼？連結陣法能讓我感知到她的所見所聞，就因為你想探究真相，才會變成現在的局面，我和清羽不一起當鬼，就只能一起下地獄。」

「陣法是我畫的，我當然清楚它的功效。」羅久逢淡淡道。說實話，看到這副模樣的李偉誠讓他有些難過，李偉誠在陳清羽三次輪迴中，不論他的動機為何，他的本質確實是個好人；然而他最終未能抵擋魔氣帶來的邪念，犯下不可挽回的錯誤，對陳清羽過深的渴望更加深李偉誠偏執的想法。「但你的思想這麼極端，倒是出乎我意料之外。」

李偉誠冷笑：「怎麼？難不成我向清羽懺悔我標記那兩個人的過錯，你就會帶我離開虛無地獄，回到陽世當你的式鬼？」

羅久逢默認。誤入歧途的鬼魂多數時候只是被魔氣操弄思想，只要誠心悔過，它們值得擁有為自己贖罪的機會。

「李偉誠，現在還不算太遲。」陳清羽的魔氣狠狠撞向李偉誠，颳起一道強勁的風，她瞇起眼，強硬地用魔氣撕開李偉誠四周用魔氣築起的銅牆鐵壁，羅久逢在她背後高吼不要靠近，陳清羽卻置若罔聞，踩在地獄裂縫的邊緣伸出手。「把你的魔氣轉給我，我可以處理掉它們。我知道你很在意我因為郭佑希和許怡琳的事改變對你的觀感，沒有人生前死後都完美無缺，我們還有機會——」

「但是知道我標記他們之前，妳始終認定害死他們的自己活該下地獄。」李偉誠打斷她。

「妳輕易原諒別人，卻不肯放過自己，然後又要求別人不能用同樣標準對待自己？」

虛無地獄的魔氣把羅久逢設下的結界啃食殆盡，羅久逢重新注入法力，對陳清羽大喊：「別管他了！他現在只想拖妳下去，我們快沒時間了！」

李偉誠下方的裂縫已經吞沒他的大腿，他抓住陳清羽的上臂，將她拉近自己，貼到他化為惡鬼的全黑臉龐上。「我不要背著背叛妳的罪孽和妳回去人間，我不想再清醒地面對這份歉疚，但沒了我，誰來守護妳？協會只會繼續傷害妳。」他的手加大力道，魔氣緊緊纏繞在陳清羽的手臂和肩膀上。「和我下去！到地獄盡頭，那才是我們應得的結局！」

陳清羽被仍在下沉的李偉誠拉著，不得不跪在地上，她咬緊牙關，奮力震開李偉誠身體周遭的魔氣。「不！你給我清醒點！自暴自棄不會改變任何事情，如果你真的後悔傷害別人，就認真抵抗魔氣的侵蝕，和我回去人間。一百年也好，兩百年也罷，我們去尋找郭佑希和許怡琳的轉世，就算魂飛魄散也要護他們躲開命中劫難，而不是直接墮落地獄，成為不知名生物！」她反手抓住李偉誠的上臂。「你給我上來！回來！」她一邊低喊一邊用力將李偉誠往上提，李偉誠上臂長出的刺貫穿陳清羽的手掌，但她絲毫未受影響，依然繼續和地獄搶人。「滾開！」她回頭對古老生物們大吼，大量的魔氣躍過羅久逢的結界，將那些蠢蠢欲動的古老生物向後推了幾尺遠。

羅久逢正在吃力地用殘餘的法力畫出連結陣法，然而周遭的魔氣很快就吞噬他畫下的線條，他低低咒罵一聲，開始計算符文的線條在畫出來後多短的時間內會消失。

「清羽，看看我，我已經成為妳最不希望的模樣。」李偉誠身上的魔氣不再充滿攻擊性，溫柔地環繞在陳清羽身邊。「在我的人生當中，不論活著還是成為鬼魂，只有妳從未把我當成壞人，我想在妳記憶中留下最美好的模樣，而不是這樣的怪物。」

「不管你是什麼樣子，都是我最後幾次輪迴裡，陪我對抗魔氣和鬼怪的半惡鬼。所以，拜託你……」陳清羽說到最後垂下臉，說不出她希望李偉誠做些什麼，因為墮入地獄不可逆轉，她只是在徒勞無功地掙扎。

「清羽。」李偉誠在她耳邊低語。「妳若真心為我感到抱歉，就陪我一起下去吧。」他原本圍繞在陳清羽魂體周遭的魔氣霎時全化為尖刺貫穿陳清羽，她的魂體迅速被來自真正地獄的魔氣腐化，本來以為氣氛已經緩和下來的羅久逢立刻扔下畫到一半的陣法，想過來助陳清羽脫困。

陳清羽抽出一隻手阻止他靠近，地獄的裂口冒出源源不絕的魔氣，在陳清羽和李偉誠四周佈上氤氳的黑霧，若羅久逢貿然靠近，只會跟著被魔氣侵蝕。

李偉誠只剩上半身還在虛無地獄，雙手緊緊束縛陳清羽，陳清羽的表情沒有因為急速被魔氣入侵產生一絲變化，在示意羅久逢不要靠近後，把注意力轉回李偉誠身上。

「我應該在你死去的那天就超渡你，你就不必經歷這些悲傷和痛苦，也不會變成現在這副你自己都憎恨的樣子。」陳清羽的語氣依然十分溫柔，彷彿他們往日一樣站在郁凌高中的社團教室內，虛無地獄和四處瀰漫的魔氣都只是幻覺。「但是現在說這些都太遲了。」

她反手抓住刺在魂體內的魔氣，將那些尖刺一口氣全部扯出來，轉回去畫陣法的羅久逢光聽那些撕裂聲都為她感到疼痛。陳清羽吸收虛無地獄內飄散的魔氣為己用，抵擋李偉誠想重新困住她的魔氣。她的魂魄在反覆吸收和釋放魔氣的過程中逐漸被魔氣腐蝕，羅久逢眼角餘光看到陳清羽的手化為黑色利爪，掐上李偉誠的脖子。

陳清羽甩甩頭，似乎想擺脫腦海中對她低語的聲音，那些告訴她就這樣和李偉誠一起沉淪的聲音。也許是因為魔氣和法力本質上是相反的東西，陳清羽很快就清楚該如何運用自己魂體內的魔氣。因為魔氣無法繪製淨化陣法，她直接在地面燒灼出一道束縛陣法，將李偉誠的魔氣連同剩下的魂魄困在陣法內。

外圍吸取不到地獄魔氣的古老住民們發出憤怒的低吼，陳清羽輕聲道：「讓它們過來。」

「什麼？」因為方才的變故不得不重繪連結陣法的羅久逢一時間沒聽清她說了什麼。

「你不能阻止野獸進食，這只會激怒它們。」陳清羽回頭看著保護結界外的古老住民。

「它們自稱掌管虛無地獄的使者，看來只是它們安慰自己的謊言。」

羅久逢猶豫一下，還是依言撤下保護結界，古老住民們通通無視他，邁著黏稠的步伐奔向通往地獄的裂口，在陳清羽建立的束縛陣法外停下腳步，呢喃屬於亡者的語言。

「至少他做了選擇，好過你們成為不人不鬼的生物。」陳清羽聽懂它們的嘲諷，簡短回擊一句後用力扯開李偉誠攀附在她上臂的利爪，接著她解除束縛陣法，所有被困在陣法內的魔氣一口氣噴湧出來，撞在滿懷期待的古老住民們身上。

陳清羽及時用自己的魔氣在羅久逢前方築起一道牆，沒讓他繪製的陣法被侵蝕，些微的魔氣擦過羅久逢的魂魄，留下冰冷濕黏的觸感，但他沒有回首，繼續畫出連結陣法剩餘的部分，陳清羽沒剩下太多時間，他得在她被李偉誠拖下去之前帶她離開。

陳清羽逼迫自己鬆開緊抓李偉誠脖子不放的手退開幾步，遠離李偉誠周邊逐漸擴大的地獄裂縫，李偉誠在她解除束縛結界的瞬間用魔氣刺穿她的胸口，她微瞇起眼，任由過多的魔氣在魂體內衝撞，雙眼變成血紅的顏色。

「親眼看你想送我進地獄……」陳清羽又一次低語，這次她的音量只有她和李偉誠聽得見，李偉誠因為這句話動作凝滯片刻，給了陳清羽足夠的時間將體內的魔氣化為己用。「我的肉體所具的淨化體質，其實來自於我的魂魄能將各種法力轉化成我自己能用的東西，所以你用再多的魔氣攻擊我，我依然能把它們變成我的武器。」她對李偉誠說完，身上爆出無數黑色線條，衝向附近的古老住民，把它們變成散落一地的肉塊，那些肉塊呻吟著爬向彼此，想把自己重新組裝起來，陳清羽的魔氣刺入那些碎塊，持續注入魔氣，直到底下的地獄感知到它們的存在，在碎塊下方敞開通往真正地獄的道路。

陳清羽低喝一聲，奮力甩開李偉誠殘留在她身上的魔氣痕跡，抓住貫穿她胸膛的魔氣線條，用自己的魔氣震碎李偉誠和她最後的連結。李偉誠抬起僅剩頸部以上的頭，黑色的雙眼鑲嵌在變形的頭顱中，眨也不眨地凝視她，在他的下半臉也沉入地獄前，他低聲最後一次呼喚：

「清羽……」

水銀色的雨自天空傾盆而下，落在地獄的裂縫上，覆蓋住那些缺口，和下方的魔氣混雜在一起，凝固成深黑的地面。那些尚未完全沉入地獄的古老住民知道同樣的事將發生在自己身上，紛紛從羅久逢找不到的口器發出悲鳴聲，然而陳清羽不打算放走它們，持續從周遭吸收魔氣轉入自己的魂體，再送進它們破碎的肉體內。

因為陳清羽持續吸收空間中的魔氣，羅久逢的連結陣法得以完整刻印在地面上，他回過頭對陳清羽伸出手大喊：「快點過來！陣法維持不了太久，我的法力不夠再畫一個！」

陳清羽原本黯淡無光的道袍被染上純黑的色澤，隨著魔氣擺動，乍看之下像是穿了一件黑色的禮服，她的魂體滿目瘡痍，全是李偉誠用魔氣刺出來的傷口。她鎮壓住古老住民們的殘塊後抬起頭回望，腥紅的雙眼中閃爍著遲疑和懊悔，魔氣正在侵蝕她的理智，在她腦海中低語所有不該回到人間的理由。

「不。」羅久逢堅定地說。「想都別想，記住妳自己說的話，妳在地獄裡誰都救不了，和我回去人間，和我走，不要再折磨自己了。」

陳清羽周遭的魔氣隨著羅久逢的話逐漸崩解，她啜泣著伸出手，握住羅久逢遞出的持珠，她的手指沾上佛珠的瞬間，經文和佛印自持珠內湧出來，佛印貼在陳清羽的額間，經文則淨化附近的魔氣，陳清羽轉化為惡鬼的部分被快速淨化，轉眼間又成為羅久逢最初見到的道袍少女。

羅久逢一把將她拉進陣法中央，和她一起站在陣眼上，把持珠套在她的手腕上。「善明大師給妳的，別弄丟了。」他語畢，啟動連結陣法，一道光線自陳清羽胸口出現，消失自某個黑霧濃厚的方向，他拉著陳清羽往那個方向狂奔，這回他沒有理會頭上的水聲，沒有理會周遭沉重的呼吸聲，全心全意沿著光線的方向前進。

「它們跟過來了！」死亡的魂魄才能看透魔氣，見到隱藏在裡面的古老住民，陳清羽慢下腳步，似乎想獨自對付它們。

「別停下來，不管它們。」羅久逢沉聲道。「它們只是想要更多魂魄為它們開啟地獄的裂縫，妳停下來只是給它們機會留住妳。」

他們快速跑進魔氣環繞的黑地，水銀色澤的天空也無法穿透這片濃厚的魔氣照亮他們腳下的地板，他們只能盲目前行。

不能停下來。羅久逢不斷告誡自己，另一手緊握陳清羽的手，害怕一個不注意，魔氣又一次影響她的思維，欺騙她沉淪進地獄才是她值得擁有的宿命。

陳清羽的魂魄跑起來十分輕盈，沒有在水銀天空上踏出太大的水花，以致羅久逢得不時回頭確認陳清羽是否還跟在自己後方，他每次回頭，陳清羽會握緊他的手掌告訴他：她還在。彷彿他才是迷失在虛無地獄中的人。

羅久逢終於在遠方看到地獄門封印的細小裂口，也感覺到自己的肉體強烈的召喚，要求魂魄回歸它理應所在的位置。

羅久逢最後一次回頭，在人間透進來的微光中看到陳清羽的魂體被陽光燒灼，儘管如此，她沒有表現出退卻之意，腳步沒有凝滯，跟隨他穿越封印的裂口，跌回人間的擁抱。

✡

羅剛坤一派輕鬆地搖晃手中的顱骨，配合腳下踩著退魔鎮邪的步伐，把封印縫隙中流瀉出的魔氣通通淨化，並且把所有企圖爬出地獄的不祥之物逼回它們的歸屬地，他低頭看著抱著陳清羽魂魄回到自己肉身內的姪子，踢了他一腳：「你動作真慢，還不趕快起來做事？」

重回肉身的羅久逢一時間沒能適應身體的沉重，站起來的時候踉蹌一下，羅剛坤用腳扶他一把才站穩腳步，飛快在水泥地面上畫了一個固魂陣法，陳清羽魂魄在虛無地獄內被刺穿的傷痕通通消失，取而代之的是肉眼可見的衰弱，她的魂魄承受太多攻擊，稍有不慎可能就灰飛煙滅。

陳清羽蜷縮在陣法內，像是身處極度寒冷之地般緊緊環抱住自己，半透明的臉龐顯得格外憔悴。若是沒有固魂陣法，她的魂魄恐怕會分崩離析。

雖然處於極度虛弱的狀態，陳清羽仍勉強擠出一絲笑容問道：「你用了什麼建立我和人間的連結？」

「妳在郁凌高中附近的住處。」羅久逢蹲在陣法邊，緩慢注入法力加強陣法。「我猜妳每次輪迴需要某個和妳相關的物品為基底來重塑妳的假肉身，所以回那個住處搜尋，然後在妳房間的床底下找到那個。」他指向旁邊連結陣法中的一綹頭髮，用浸泡過陳清羽鮮血的束帶綁成一束，羅久逢在行動前就先交給羅剛坤，告訴他如果李偉誠離開連結陣法追進地獄，就用這束頭髮作為陣眼重啟連結陣法。

陳清羽坐在陣法內顫抖，斷續低語：「你在郁凌高中的時候，我一直沒找到機會告訴你，你使用的術式所散發的氣息很溫暖，光看你使用法術，就能知道你是個好人。」

羅久逢揚起眉，不太明白自己為什麼突然被發一張好人卡。

陳清羽讀懂他的表情，輕笑起來：「我的意思是，換成別人到虛無地獄告訴我，我值得活下去的話，我不一定會相信。但唯有你，當你問我想不想重回人間的時候，我知道你確實是單純來拯救我。所以謝謝你。」她伸出雙手捧住羅久逢的臉，在他額頭上印下一個吻。她的碰觸在羅久逢的肌膚留下冰涼的印記。

「關於李偉誠……」羅久逢想解釋。

「我明白，也親自見證他的選擇，只要他不願意，不論是你還是我都救不了他。所以請你不要自責……」陳清羽說到這裡就接不下去，因為她才是真正自責的人，李偉誠短暫生命中的幸與不幸，都是在遇到陳清羽以後揭開序幕。

羅剛坤重新封上地獄門的封印，長長吁出一口氣，他在法力和體力上的消耗沒有表面上看來輕鬆，不由得有些感嘆時光流逝，他的體力已經沒有二十幾歲的時候好了。

他彎腰撿起連結陣法中的髮束，拿著手上的頭骨在上面繞了三圈，幾絲靈力從頭骨凹陷的眼窩探出來連接到陳清羽的髮束上，確認沒有其他東西跟著陳清羽的魂魄一起回到人間後，把髮束交給羅久逢。

羅久逢咬破食指在空白的符紙上畫上符文，半跪在陳清羽前方問道：「陳清羽，雖然守門人協會虧欠妳很多，我理論上應該超渡妳，讓妳早日投胎轉世，結束妳這一次的人生。但我還是想問妳，願不願意當一個驅邪探員的式鬼，和我……」

陳清羽打斷羅久逢的滔滔不絕：「我離開虛無地獄就是下定決心當你的式鬼贖罪了，不必擔心我會和李偉誠一樣，動手吧。」

羅久逢用法力點燃手中的符紙，一般收服式鬼沒有那麼容易，更不用說還能擁有那個鬼魂生前身體的一部分，大部分的惡鬼不是肉體已經全毀，就是知道要藏好自己的肉身以免被人操弄，或是用來對付自己。

符紙上的火燒到陳清羽生前的髮束，轉眼間就將頭髮燒成灰燼，在羅久逢掌中翩翩起舞，一部分融入羅久逢的掌心，餘下的部分則順著法力指引飄向陳清羽，她閉上眼，讓符紙灰燼穿過她的額頭，在她的眉間形成式鬼的主人才能看到的符文，符文像花環環繞住她的脖子，最後逐漸褪色，變成魂魄上的透明光帶。

一等儀式結束，羅剛坤立刻收拾腳邊法器，嘴中不斷催促：「好了嗎？解決了就趕快離開，附近的生靈已經開始抱怨你們很吵了。地上東西收一收，羅久逢記得清掉你畫的陣法，我回家收拾一下，等等我要去鎮上找朋友，可以順路送你們去火車站。」

羅久逢和陳清羽站在原地目送羅剛坤頭也不回地離開碼頭。羅久逢無奈地用手捧起碼頭邊的海水潑在地上，擦淨他畫的陣法，將碼頭恢復原狀，陳清羽默默立在旁邊看他工作，不時轉頭望向水中的地獄門。

「怎麼了？」羅久逢問。

「……它好安靜。」像隻瀕死的野獸，偶爾低呼出幾聲喘息，卻無法做出任何動作。「在郁凌高中的時候，每三年重新轉生，當我回到那間地下室，那扇門會不斷向我耳語，告訴我門後有什麼東西在等待我，等我真正封上地獄門的那天，它們全都會來歡迎我的到來，感激我……將它們困在地獄那麼長一段時間。那扇門一直充滿活力，不管在我哪一次輪迴，它都不曾像這扇門一樣……虛弱。」

「妳的職責已了，不要再擔心地獄門的事情，以後我的任務才是妳要關注的重點。除非未來有需要鎮守地獄門，而我也很不幸應徵上看門人的職缺，不然妳當我的式鬼生涯中，應該不會再和地獄門天天相處了。妳那種密不可分的相處，我相信沒有人想經歷第二次。」

陳清羽垂首望著認真刷去碼頭上殘留白線的羅久逢，輕笑出聲，走過去蹲在他旁邊，小聲說了一聲「謝謝」。

「我們回協會報告之前，」羅久逢最後一次將海水潑在碼頭表面，沖去先前刷洗陣法的海水。「我想先帶妳去拜訪一個地方。」

第十章　尾聲

路燈在夜晚頑強地照亮無人經過的小巷邊緣，羅久逢站在光線的範圍之外，隔著一條馬路遙望對面學校的警衛亭。「現在沒人，妳想進去看看嗎？」

他等了半天沒聽到回應，回過頭發現陳清羽咬住下唇，極力壓抑住激動的情緒。

羅久逢安靜立在原地，等待情緒的浪潮從她身上褪去，陳清羽凝視對面的郁凌高中，失去潛伏在它之下的地獄門後，這間學校不再被淡淡的魔氣籠罩，回歸成為一所正常的高中。一所打從一開始就不該建立的高中，帶著愈來愈深沉的絕望、重複輪迴的少女終於不被困在這間為她打造的監牢。

「我知道妳很擔心學校沒了地獄門之後，會變成什麼樣子，現在妳看到了。未來的郁凌高中沒有妳，也可以過得很好。」

陳清羽嘶啞地問：「我能進去看看嗎？」

羅久逢點頭：「我在這裡等妳。」

陳清羽往前邁了幾步，才想起自己已經擺脫肉身束縛，腳步離地飄向校門，越過亮著幾盞燈的穿堂，以及不時重新修剪枝葉過度茂密的中庭，停在恆學樓正前方。

時間接近九點，留下來晚自習的高三生們陸續關好教室燈窗準備回家，黃守鷹教官站在一樓樓梯口，對每一位離開的學生點頭打招呼，叮嚀他們路上小心。

教官身上依然閃耀著足以燃燒魔氣的光芒，灼熱的溫度讓陳清羽不得不離他遠一些，唯一改變的是這所學校已經沒有需要他燒掉的魔氣。

這才是郁凌高中該有的樣貌，即使這間學校是為她建立，沒有她的郁凌高中才是真正的學校。

陳清羽輕笑起來，悄聲向郁凌高中道別，撫了撫她手腕上那串佛珠，它的實體在她跟隨羅久逢回到人間後就化為灰燼，以法器的靈體樣貌刻印在她的魂魄之上，似乎在提醒她即使在地獄邊緣度過那麼久的時光，她並沒有被所有人遺忘。

當她回到學校對面的小巷中，倚在牆上滑手機的羅久逢抬起頭打量她的臉龐片刻，收起手機道：「不用太捨不得高中生活，妳還得陪我念兩年的高中呢。」

陳清羽微笑：「需要的話，學姊可以教你功課，小學弟。」

羅久逢搖頭：「相信我，妳絕對不了解我念的高中在教什麼，到時妳可能還是得尊稱我一聲『學長』。」

不遠處傳來汽車短促的喇叭聲，協會已經收到消息，專程派車來找羅久逢。羅久逢和陳清羽互看一眼，然後他聳聳肩：「該來的總是要來，別害怕，他們傷不了妳。」

「沒事的。」陳清羽跟在羅久逢後方。「最糟不過就是回到地獄。」

妳不會的。羅久逢心想：這次協會有人和妳站在同一邊，地獄永遠不是妳的歸屬。但他沒有把話說出口，只淡淡回話：「走吧，帶妳看看五十年後的協會變成什麼模樣。」

番外　望桂村

望桂村除了偶爾開車到山下小鎮買生活用品的村民，鮮少有外人來到村內，因此羅久逢搭乘村民的貨車來到望桂村時，不少村民都放下手邊工作來看守門人協會派來的驅邪探員。

望桂村原名「望鬼村」，取其諧音成為「望桂村」，村旁的空地中央鎮壓著一隻百年前的惡鬼，村中的人負責監控惡鬼有沒有突破封印的跡象，只要有問題就通報守門人協會。

只要貼在陣法邊緣的符紙染上黑色，代表陣法內的惡鬼開始躁動，村民就會請探員加固陣法，確保惡鬼不會逃出去。不過這次除了檢查鎮邪陣法以外，協會希望羅久逢嘗試藉由陳清羽轉化惡鬼的魔氣，來徹底淨化這隻惡鬼。

百年前這隻惡鬼過於強大，驅邪探員不得不強行封印它，來不及探查它的底細。因為惡鬼怨氣深重，協會決定不強行消滅它，而是利用陣法將它鎮壓在地底，輔以清除怨氣的符紙，加上村民在村廟內供奉的香火，希望能夠化解惡鬼的怨氣，助它早日超生。

村長帶羅久逢到鎮壓惡鬼的空地，讓羅久逢查看符紙的汙染程度。羅久逢蹲下身細看覆蓋符紙的魔氣，手捏法訣化去魔氣創造出來的假象，露出底下被嚴重汙染的符紙。

「協會的流程已經被它摸透，再晚個幾天它可能就突破陣法了。」羅久逢把發黑的符紙亮給村長看。

村長表情凝重，他已守在望桂村幾十年，從未見過狀況如此糟糕的符紙，用手背抹去額間的冷汗，問羅久逢他們該怎麼辦。

羅久逢請村長先帶他去村廟看看，村長立刻引他回到村門口的小廟前，乍看之下，這間廟和常見的地方寺廟沒有差別，廟中的神像前放了插著十幾根香的香爐，供桌上擺著素三牲和水果，廟中縈繞著淡淡香氣，目光所及之處一塵不染，可以看出村民對這間廟的重視。

一開始羅久逢說不出自己在哪裡感受到隱約的違和感，問村長近期廟裡有沒有變動，村長一臉茫然地搖頭，直到羅久逢注意到神像的面孔，才驚覺又是惡鬼設下的障眼法。

羅久逢大步向前用手捻熄線香，掏出空白的符紙咬破食指畫了一個喚風訣，控制周遭空氣流動，把瀰漫廟中的線香氣息通通送出廟，減輕氣味的影響。

他在手中默念一聲失禮，撥開桌上的供品爬上桌子，在村長倒抽一口氣的聲音中拿出淨化符貼在神像臉上，消去創造出幻象的魔氣。

失去魔氣包裝的神像露出真面目，惡鬼多年來的魔氣腐蝕讓石造神像失去原本的面貌，不僅是神像的臉孔，連仔細雕琢過的手指和盤起的腿部都看不出原型，徒留一個殘缺的石塊。

從神像的侵蝕程度推算，惡鬼將村民們供養的對象換成自己的時間起碼有五年以上，藉由村民日夜不斷的香火壯大自己的力量。

「這才是我們在拜的東西？是那個惡鬼做的嗎？我們讓它逃出來了？」村長驚恐地問，連連倒退，連滾帶爬衝出廟門口。

「這不是你們的問題，是協會太大意。一般人沒辦法那麼快意識到生活中的魔氣，你們能發現符紙上的魔氣已經很了不起，現在都還在可控制的範圍。」羅久逢安慰村長，並請他封鎖村廟後通知其他村民今晚絕對不要出門。

村長惶恐問道：「如果天亮以後，探員您沒有回來呢？我要向協會求援，還是要多等您幾天？」

羅久逢無言片刻，身為年紀較小的驅邪探員就是有這個壞處，單獨出任務時容易被質疑能力不足。「我會活著出來，您先通知其他人。」

等村長走遠後，羅久逢望著太陽消失在群山間，從式鬼空間放出陳清羽，陳清羽在他周遭繞了一圈，然後靜下來感受空氣中的魔氣，愉快地說：「這個惡鬼的魔氣量真驚人，你確定它已經在陣法內被鎮壓淨化一百年了？」

「它把用來化解它怨氣和魔氣的祈願力，透過將祈禱對象換成自己來接收那些祈願力為己用，村民愈是向神明祈福，就有愈多願力流到惡鬼身上。」

陳清羽鑽進關上門的村廟，幾秒後就飄出來，得意地說身為鬼魂還是有些好處，至少進出門方便許多。

「……重點不是那個神像嗎？」

「喔，神像。」提起正事，陳清羽立刻正經起來。「我剛剛在想惡鬼需要媒介接觸神像，才能把祈願力轉到自己身上。如果鎮壓陣法完好無缺，代表有其他人幫助它。我剛才找過，媒介是一塊注入魔氣的石頭，貼著放在神像底座的後方，用實體物品作為媒介，有人類幫助惡鬼的可能性很高。」

「這隻惡鬼有很長的時間觀察望桂村每個村民，深知每個人最脆弱的時刻，村裡哪一個人被蠱惑我都不意外，被惡鬼迷惑心智的人自己可能也不記得。」

「總之先去會會那隻惡鬼？」陳清羽提議，一臉躍躍欲試。

羅久逢無奈說好，和陳清羽前往空地。他在原本的鎮壓陣法的符紙上方覆蓋事先寫好的降惡符，他繞著空地放符紙時，陳清羽在空地中央轉來轉去，用自己的魔氣摸索鎮壓陣法下惡鬼的動靜。

「如何？」羅久逢仔細對準新舊符紙的角度，只要一點誤差都有可能讓他等等啟動的陣法出現破綻。

「它知道我們在這裡，在等我們解開鎮壓陣法的瞬間。」陳清羽低聲道。「我可以從魔氣感知它的情緒……憤怒、怨恨，這都是惡鬼常有的情緒，但它最主要的情緒是茫然……它不知道自己為什麼變成這樣，也不知道自己在尋找什麼。」

「等我們讓它冷靜下來，再來幫它找到缺失的記憶。妳準備好了嗎？」

陳清羽點頭，站在空地中央釋放出自己的魔氣備戰。羅久逢拿出加入香灰的符水，左手晃了晃葫蘆，讓沉澱物均勻散佈在容器內，右手捏法訣默念法咒。

覆蓋在鎮壓陣法上的新符紙因為灌入靈力，在黑夜中綻放出耀眼的光芒，新建的降惡陣的靈力牆從地面豎起直衝天際，把空地圍成五角形的牢籠。

惡鬼感知到多年來壓制它的束縛消失，立刻怒吼著破土而出，陳清羽的魔氣加上羅久逢丟出的淨化符及時抓住惡鬼四散的魔氣，只有少量漏網之魚撞在結界上，被牆上蘊含的靈力消除。

惡鬼未能一擊得逞，立刻將目標鎖定和它一起在結界內的陳清羽，動用大量魔氣攻向她，羅久逢擲出三道淨化符立在陳清羽前方，靈力形成盾牌擋下瀑布般奔流向她的魔氣。陳清羽在防護盾後調動自己的魔氣，撕開包裹著惡鬼的厚重防護層。

外層的魔氣被陳清羽撕開後，露出惡鬼被魔氣嚴重腐蝕的魂體，它的外貌神似村廟看不出原貌的神像，只依稀看得出人影，魂體表面不時冒出魔氣，像在製造外殼的甲殼生物。

惡鬼嘲諷地笑了起來，不把陳清羽放在眼裡，而是把魔氣全數用來突破降惡陣法。羅久逢集中精神，往陣法灌入更多靈力，他的靈力短時間內足以困住惡鬼，但它接受了村民幾年供奉，羅久逢不想冒險和它打持久戰。

「清羽。」羅久逢觀察幾分鐘惡鬼魔氣再生的速度後，提醒陳清羽可以進行下一步。

陳清羽應聲，在惡鬼震驚的眼神中喚出大量魔氣，惡鬼大概不知道它剛才用了多少魔氣，就有多少魔氣被陳清羽納為己用。她用魔氣在自己前方建立一個安全空間，外層的魔氣化為鎖鏈綁住惡鬼，面對羅久逢的方向裂開一條足夠一個人通過的縫隙。「快去快回，我會保護你的肉體。」

羅久逢對她點頭，步入陣法之中，惡鬼感應到活人的氣息，又一次暴動起來，它知道把它困在這裡的人就是這個活人，殺死這個人就能獲得自由。

羅久逢在它周遭佈下幾個淨化符，以防他進入惡鬼的回憶後看到的東西使它失控，陳清羽能轉化的魔氣量並非沒有上限，他不希望陳清羽因為自己考慮不周受傷。

陳清羽小聲嘀咕幾句她一個人可以應付，羅久逢微笑不語，默默踏進陳清羽為他編織的魔氣空間，伸出手碰觸惡鬼的頭顱，另一手的指尖沾了葫蘆內的符水，在空氣中畫出簡易版的回溯陣法，用靈力護住陣法往前送，讓陣法飛到惡鬼的臉上，強迫它帶領羅久逢回憶它成為惡鬼的原因。

太過久遠的記憶引領羅久逢穿越時光的洪流，在他前方的惡鬼隨著時光倒流逐漸顯現出真正的樣貌，纏繞在它身上的魔氣崩解，大部分的魔氣不過是它武裝自己的工具。

褪下所有偽裝的惡鬼身形緩緩變小，在法術創造出的時光河流中洗淨它汙穢的外殼，留下一個小男孩站在水中。

男孩困惑地盯著自己現出原形的手，來回翻看自己的掌心後抬頭，露出被黑色胎記遮蓋住一半的臉龐。

看到男孩的胎記，羅久逢大概明白了男孩的故事，現代人知道男孩臉上的胎記只是細胞過度增生，有些可以在長大後藉由手術去除。然而換到一百年前，一般人只會認為男孩是個怪物。

男孩發現羅久逢凝視他的面容後，用手遮住臉上的胎記。羅久逢蹲下身，告訴男孩他想幫助他，但他需要先知道男孩出了什麼事，才知道要從哪裡著手。

男孩望向時光河流的盡頭，小聲問羅久逢能不能抱他過去，他不喜歡水。

羅久逢答應，抱起男孩問他「準備好了嗎」，男孩點頭後，羅久逢才起步走向河流盡頭。

✡

男孩的生命很短暫。

男孩的母親在產下他的過程難產死去，加上他的黑色胎記，整個村子的人都相信他是不祥的掃把星，他的父親從小把他鎖在屋子旁的倉庫，心情不好就到倉庫打罵他。對他較好的只有他的姊姊，送飯給他吃的時候還會陪他聊天，替他清理用過的便盆及髒亂的環境。但這些互動僅限於他們的父親熟睡後，否則姊姊被抓到和他說話，也會被父親拳腳相向。

男孩七歲那一年村莊出現瘟疫，一半以上的村民染疫後倒地，在垂死邊緣掙扎，病人的家屬一致認為是男孩將瘟疫帶入村莊，要求男孩的父親交出男孩。

本就厭惡男孩的父親終於有理由擺脫他，毫不猶豫將男孩拖出倉庫交給憤怒的村民。村民在村長的指導下把男孩塞入木桶，再扔入幾塊石頭後封上木桶，將木桶拋入村旁的河流之中，祈求瘟疫會伴隨男孩一起漂走。

男孩的掙扎呼救沒有觸動村民，男孩透過木桶的縫隙看到村民木然站在岸邊目送木桶載浮載沉，只有他的姊姊奮力撥開人群跳入水中，卻被父親一把撈回岸上。

姊姊哭喊著朝他的方向伸出手，男孩想回應她的呼喚，但河水已經淹沒他的口鼻，木桶逐漸沉入水底，被激流沖刷前往下游，男孩沒有意識到自己已經死了，魂體伴隨自己的屍體在河中打轉了許多年，直到木桶經過長期浸泡終於裂開，男孩的屍骨散落河底，再被下一波流水沖散。

男孩在木桶裂開時才發現自己已經死亡，由於時間已過去太久，他忘了自己身在何處，為什麼會死在河底，只記得無止盡的溺水，還有恐懼和悲傷。

這是滋養惡鬼最好的良方。

最重要的，還有男孩有無法割捨的執念，這讓他成為無法被輕易超渡的惡鬼，帶著愈來愈深沉的怨氣四處尋找他已經遺忘的執念所在。

「我想起來了。」男孩小聲道。「我只是……我只想看看姊姊，確定她有沒有生病。我不是故意成為怪物，我只是想再看她一眼。」

羅久逢摸摸他的頭：「你不是怪物。」男孩的執念如此純粹，當年第一個遇到他的驅邪探員想必也感受到了，才會企圖渡化這個惡鬼而非消滅他。男孩試著逃出陣法，不過是為了再見親人一面。「時間已過一百年，你的姊姊應該已經投胎轉世，你繼續留在這裡當惡鬼，永遠不會找到她。」

男孩問：「我要怎麼做？」

「我們先離開回溯陣法，我會教你怎麼找到她。」看到男孩乖巧點頭，羅久逢默念法訣，把他們拉回原本的時空。

陳清羽確認羅久逢的回溯陣法生效後，用自己的魔氣畫了她和羅久逢研究出來的符文，建立一個吸收陣法圍住惡鬼，吸收陣法由淨化陣法改良而來，能幫助她更有效率轉化惡鬼的魔氣，同樣是削弱惡鬼的力量，只是她無法像生前淨化魔氣，只能將魔氣轉換成自己所用。

她沒有立刻啟動陣法，而是先藉由困住惡鬼的魔氣碰觸它，並持續轉換魔氣。片刻後惡鬼怒咆一聲，大概是看到自己死亡的場景，惡鬼躁動起來，陳清羽啟動吸收陣法，大量魔氣湧入她體內，水灌入肺部的窒息感包裹住她，她咬牙加大力道束縛暴動的惡鬼，不讓惡鬼靠近她編織的魔氣空間內的羅久逢。

惡鬼因為回憶帶來的痛苦哀嚎起來，魔氣一改先前正常的霧狀，變成汙穢的流水噴湧而出，先被她的吸收陣法擋住一部分，再被羅久逢的淨化陣法通通化去。

惡鬼再次哀鳴，這次陳清羽有所警惕，毫不猶豫擋在羅久逢前方，惡鬼身上湧出更多魔氣，向四面八方發動攻擊，陳清羽在自己前方築起一道魔氣牆，但被惡鬼的魔氣貫穿，並刺穿她的魂體，撕開她為羅久逢打造的空間，企圖停下回溯陣法來停止自己的痛苦。

陳清羽逼迫自己轉化更多魔氣，吞噬周遭意圖傷害羅久逢的魔氣。「那些悲傷一直存在。」她對惡鬼低語。「但是沒關係，把你的悲傷……通通轉交給我吧。」語畢，她不再顧忌自己能否轉化那麼多魔氣，一口氣將四散在降惡陣法內的魔氣通通吸入自己體內。

悲傷、憤怒、恐懼，這些情緒不斷在她體內叫囂，就在她快被情緒的浪潮淹沒時，一張符紙憑空出現在她的額頭，羅久逢半跪在她面前，喃喃念著靜心咒，她體內翻湧的魔氣隨著經文平靜下來，然後她看到羅久逢旁邊的惡鬼已經現出原形，成為一個無害的魂魄。

羅久逢無奈道：「我只要妳牽制它，沒叫妳抽乾它身上的魔氣。」

陳清羽緩了片刻才聳肩：「結果一樣不就好了？反正要是我有什麼事，我相信你會救我，所以我才敢放手去做。」

羅久逢無法反駁，只好轉向男孩問他記不記得姊姊的生辰，男孩點頭報出一串生辰八字，羅久逢寫在符紙上後點了一根香，再用香點燃符紙，符紙燒盡後出現在男孩手上，羅久逢要他到陰間拿這張紙去尋人，若他和他的姊姊有緣，自然有神明為他們安排投胎後再次相遇。

男孩在羅久逢開始念誦超渡經文前開口詢問：「我這次會真的死掉嗎？」

陳清羽代替羅久逢回答：「死亡不是終點，你可以擁有全新的開始。」

男孩聽到這個回答，露出稚嫩的笑容，魂魄逐漸消失在念誦經文的聲音中。

陣法隨著惡鬼消逝逐漸失去光芒，周遭暗下來，變成一個平靜的夏夜。

「希望他們能重逢。」陳清羽聽完男孩的故事後只說了這句話。

「我比較希望妳能改一改試圖一個人解決所有問題的習慣，妳剛剛差點就成為惡鬼了。」

陳清羽躲回式鬼空間，悶聲道：「你及時幫我解決了，不是嗎？」

羅久逢淨化完空地殘留的魔氣，低聲說：「拯救蒼生不是單一個人的使命。我只是想提醒妳，妳還有我。」

後記

感謝出版社和編輯們給予的機會，讓這本小說有機會讓大家看到，也謝謝一直以來支持我持續創作的家人和朋友，因為你們，這個故事才能誕生。

《地獄門高中》這個故事，起源於一句突然出現在腦中的話：「我一直站在人們和地獄之間，直到我也成為地獄。」一直在對抗邪惡的普通人歷經苦難和折磨後，該如何支撐心靈不忘初衷，還是最終被邪惡一同拖入深淵，不論是哪一種結局，我想在現實生活中都真實發生過，只是並不一定在人們看得見的地方，所以我想為這句話寫出一個故事。

另外，在故事接近尾聲的部分，也許有人無法理解李偉誠為什麼執迷不悟，明明有重來的機會卻選擇放棄。李偉誠無論是生前還是死後，最看重的就是和陳清羽一同驅鬼的工作，在他看來，那是自己存留在人世中最引以為傲的成就，因此不容他人——甚至是自己——玷汙這份榮耀，加上長期被魔氣影響的思緒，促使他決定連同陳清羽一起毀滅。雖然不能否認李偉誠做了壞事，但是他身邊如果有個能夠傾吐心事的人，引領他解開心結，而不是懷著罪惡感陪伴下一個一無所知的陳清羽，或許他和陳清羽就能得到不同結局，只是他的身邊沒有這樣的存在。

最後，要謝謝陪伴陳清羽和羅久逢走到這裡的讀者們，希望這趟旅程有帶給你們驚喜和滿足，願大家都能珍惜陷入絕境時願意拉你一把的朋友，唯有奮戰到最後才能改變自己的結局。

期待在日後的創作中能夠持續和大家見面。

高寶書版集團
gobooks.com.tw

YS 018
地獄門高中

作　　者　陌　途
主　　編　吳珮旻
編　　輯　賴芯葳、蔡玟俞
校　　對　賴芯葳、鄭淇丰
封面設計　鯉魚婷
排　　版　賴姵均
企　　劃　方慧娟

發 行 人　朱凱蕾
出　　版　英屬維京群島商高寶國際有限公司台灣分公司
　　　　　Global Group Holdings, Ltd.
地　　址　台北市內湖區洲子街88號3樓
網　　址　gobooks.com.tw
電　　話　(02) 27992788
電　　郵　readers@gobooks.com.tw（讀者服務部）
傳　　真　出版部　(02) 27990909　行銷部 (02) 27993088
郵政劃撥　19394552
戶　　名　英屬維京群島商高寶國際有限公司台灣分公司
發　　行　英屬維京群島商高寶國際有限公司台灣分公司
初　　版　2022 年 01 月

國家圖書館出版品預行編目(CIP)資料

地獄門高中/陌途作. -- 初版. -- 臺北市：英屬維京群島商高寶國際有限公司臺灣分公司, 2022.01
面；　公分. --

ISBN 978-986-506-290-3(平裝)

863.57　　110018665